「って」
「どうしてこうなったぁー!?」
「なっ、なんだなんだぁッ!?」
PLAYER CHARACTER
スキンヘッド
PLAYER CHARACTER
ユーリ
JN109430

「俺の名はユーリ。
お前たちが最弱とみなした
『サモナー』で、『弓使い』で、
ついでに『幸運値極振り』のプレイヤーだ！
そして……今から
お前たちを全滅させる者だ――――ッ！」

『お願いだからもうやめてぇ⁉
記念すべき初イベントが
魔王の襲撃イベントに
なっちゃってますから————ッ⁉』
PLAYER NAVIGATE
ナビィ

「わー!? お願いですから
食べないでぇ――ッ!?」
PLAYER CHARACTER
コリン

ブレイドスキルオンライン

BLADE SKILL ONLINE

01

ゴミ職業で最弱武器でクソステータスの俺、
いつのまにか『ラスボス』に成り上がります！

Authoer
馬路まんじ
Illustration
霜降
(Laplacian)

BLADE SKILL ONLINE

01

CONTENTS

第一話　始まりの日

電脳技術の発展と普及より早数年。ついにネットゲーム業界は、全感覚の電脳接続機能――通称〝フルダイブシステム〟を搭載した仮想現実体感型ゲームジャンル・ＶＲＭＭＯＲＰＧの開発に成功した。

その中でも最新鋭と言われている作品が今、俺の手の中に収められていた。

「おお、ついに届いた！　これが『ブレイドスキル・オンライン』かー！」

ファンタジックな絵の描かれたゲームパッケージを手に、俺は小躍りした。これでいよいよ自分の不幸っぷりから解放されるのかと！

ああ……生まれた時から運の悪い人生だった。

通学中に鳥からフンを落とされるのは当たり前だし、コンビニに傘を置けば俺のだけがパクられるのも当たり前。高校受験の時なんていきなり下痢になって危うく試験に落ちかけた。

この不運さをどうにかしようと神社巡りまでしてみたが、神様に何度パンパンしようがまっっったく意味がない始末。そんなこんなで高校二年になる頃には、自分は一生不幸人間なんだと色々諦めかけていた。

……だがここで、俺はふと思った。ＶＲゲームの世界だったら不運さなんて関係ないんじゃないのかと！

なにせＶＲゲームといえば最新技術の結晶なのだ。いくら俺がとんでもない不運の持ち主だからって、確率と計算に支配された電脳空間の中だったらきっと大丈夫なはずである。

それに今日からサービス開始だという『ブレイドスキル・オンライン』には、『幸運値』というステータスがあるというじゃないか！　βテスト時代の情報をまとめた攻略サイトに書いてあったから間違いなしだ。それにステータスを振りまくれば、きっと俺は幸運になれるはずだッ！

よし、そろそろサービス開始の時間だな。俺はパソコンにゲームディスクを挿入すると、有線で繋《つな》がっているＶＲヘルメットを装着した。これを被《かぶ》ることでゲームの世界に入れるようになるのだ。十万円もする高級品だが、死ぬほどバイトしまくってどうにかサービス開始前に手に入れることが出来た。

「尿意よし、水分補給よしっと！　それじゃあ行くぞ……ダイブオンッ！」

起動に必要だというキーワードを叫んだ瞬間、俺の意識は闇の中へと落ちていった――。

◆
◇
◆

『ようこそいらっしゃいましたっ！　ここはキャラクター作成空間です！』

……目を覚ますと、俺は真っ白な空間にいた。そして目の前には、ふわふわと飛び回る妖精さんが。

「えっと、君は？」

『はいっ、わたくしはプレイヤーナビゲート妖精のナビィです！　みなさまの冒険をサポートするために生み出されました！』

おおっ、会話が出来た!?　そういえば攻略サイトにも書かれていたな。最新のＡＩ技術が使われていて、ＮＰＣともちょっとした会話なら出来るって。

っと、科学のパワーに感動してる場合じゃないな。せっかくゲームをやるんだし、どうせなら攻略にも加わりたいものだ。スタートダッシュを決めるためにもサクッとキャラを作らないと！

「じゃあナビィ、さっそくキャラ作成を頼む」

『了解ですっ！　それではまず、プレイヤーネームを打ち込んでください！』

妖精さんがそう言うと、目の前に半透明なキーボードが現れた。
プレイヤーネームか。そうだな～、現実の名前は裕理《ゆうり》だし……、
「じゃあ、カタカナで『ユーリ』っと！」
『わかりました、ユーリ様ですね！　では次に、職業と使用武器とスキルを選んでくださ
い！』
今度は目の前に三つのウィンドウが現れた。職業のウィンドウには『剣士』や『魔法使
い』など何種類ものジョブ名が書かれ、使用武器ウィンドウには『片手剣』やら『杖《つえ》』や
ら『鎖鎌』やらと何十種類も細かく記されていた。……中には『ハサミ』なんてのもある
んだが、誰が使うんだ？　美容師か？
そして最後のスキルウィンドウには、もはや読みきれないほどのスキル群が百種類以上
書かれていた。って多すぎだろ！
『どうしますかユーリ様？　何時間かけてもナビィはお待ちしますよ～！』
「……いや大丈夫だ。実は攻略サイトを覗《のぞ》いて、職業と武器だけは先に決めてきたから
な」
ゲームの中で不運とは無縁な快適生活を送るんだ！　変なのを選んで苦労して堪《たま》るか！
というわけで俺は、攻略サイトにて『βで流行《はや》った最強の職業と武器！』と銘打たれた
二つを選んだ。

「職業は『サモナー』、武器のほうは『弓』で頼む！」

『ほえ〜、サモナーに弓ですか！　めちゃんこ珍しいですね！　了解しました〜！』

ビシッと可愛《かわい》く敬礼する妖精さん。……ん、めちゃんこ珍しい？　βテストで大流行したんじゃないのか？　サモナーは強力なモンスターを自在に操って戦える強い職業で、弓は一方的に剣士をボコれるから大人気だって書いてあったんだが。うーん、まぁ正式サービスを始めるに当たって、気分転換に別のを選んだ人たちが多いってことかなぁ？

『ではユーリさん、次はスキルをお願いします！　三つまで選べますよー！』

おっ、そんなことよりもスキルだスキル！　これは決めてなかったからどうするか……。

う〜ん、よし！　幸運値に極振りすることを考えてコレとコレとコレにするかぁ！

「じゃあナビィ、【根性】と【致命の一撃】と【幸運強化】で頼む」

『わかりました！』

俺の考えは至ってシンプルだ。まず【根性】は、低確率でＨＰがゼロになる攻撃からギリギリ生き残れるようになるスキルだ。そして【致命の一撃】のほうも、低確率で与えるダメージを二倍にするスキルである。つまり、幸運値が高ければ高いほどこの二つが発動する確率は上がるってことだな！　まさに幸運値極振りの俺に相応《ふさわ》しいスキルたちだぜ！

さらに幸運値を一割アップさせる【幸運強化】のスキルも付ければ、怖いものなしだ！

勝ったな、ワハハハッ！

『ではユーリ様、次はステータスポイント100を、』

「幸運値に全部ブチ込んでくれッ！」

妖精さんに食い気味に叫ぶ。

当たり前だよなぁ！　だって俺は幸せライフを送るためにこのゲームを始めたんだからよぉ！

というわけで、俺のステータスはこんな感じになった。

名前　：ユーリ
レベル　：1
ジョブ　：サモナー
使用武器　：弓
ステータス
筋力：0　防御：0　魔力：0　敏捷《びんしょう》：0　幸運100＋10
スキル
【幸運強化】【根性】【致命の一撃】

う～ん見事な極振りだぜッ！　0がいっぱいで幸運値だけ110ッ！　他の人が全部に20ずつ振ると考えたら、俺はこの時点で常人よりも五倍以上幸運になってるってことだ！

たしか1レベルアップするごとに10しかステータスポイントがもらえないらしいから、もはや俺に追い付くことは不可能だろう！

ふっふっふ、このステータスで夢にまで見た幸運人生を送ってやるぜ～！

やる気満々でほくそ笑む俺。そこにナビィが、「では最後に」と声をかけてきた。

『それではユーリ様、キャラクターの見た目はどうされますかっ!?　精神への影響を考慮して現実のお顔をベースにさせていただきますが、ほぼ別人クラスまでいじれちゃいますよ～！』

お、見た目の作成きたこれ！　一番重要なヤツだな！　う～んどうするかなぁ。現実の俺はちょっとなよっちぃ顔付きをしてるから、バリバリに補正を入れて男らしくしようかな！　あと、不幸生活に絶望しきって死んじまった目をどうにかしたい……！

『ちなみにですが、全てを運に任せるランダムエディットという機能もありますよ！　現実のお顔をベースにするのは変わりませんが、そこからどんな風に変わっちゃうのかはまったく不明！　もしかしたら神調整ですごいイケメンになっちゃうかも!?』

ほほう、ランダムエディット！　それは面白そうだ！

現実の俺なら絶対にやらないことだが、ゲームの中の俺は常人よりも五倍運がいい男だからな！　やってやるぜ～！

「じゃあナビィ、ランダムで頼む！」

『わかりましたっ！　どんな見た目になるのかは街に降り立ってからのお楽しみです！　ではユーリ様。夢と希望と戦いに溢《あふ》れた、ブレイドスキル・オンラインの世界をお楽しみください～！』

元気に手を振る彼女の姿を最後に、俺の視界は光へと包まれていった――――！

◆　◇　◆

視界いっぱいの光が収まると、目の前には石畳の上に木造の建築物が建ち並ぶファンタジー世界が広がっていた。

様々な装備をした者たちが行き交う様は、まさにゲームの中って感じだ。

「なるほど……ここが『始まりの街』ってやつか！」

いや～最新のVRゲームってすごいなぁ！　描写のリアルさはもちろんのこと、雑踏から聞こえてくる数多《あまた》の音もどこかから漂う美味そうな食べ物の匂いも、しっかりと感じられる！

すごいクォリティだぜ。これなら街を歩き回るだけで満足しちゃえそうだ！

そうして俺が物珍しげにあたりを見回していた時だ。不意に後ろから声がかかってきた。

「おーい嬢ちゃん！　嬢ちゃんってば！」

あん？　嬢ちゃん？……それなら俺じゃないなぁ。

そう思って無視していると、いよいよ肩を摑《つか》まれた！　驚いて後ろを振り向くと、そこにはムッキムキで浅黒いスキンヘッドの男が！

「ひえっ、蛮族が現れたーッ!?」

「って蛮族じゃねーよッ！　失礼な嬢ちゃんだなぁッ!?」

プンスカと怒るスキンヘッドさん。って、嬢ちゃんって俺に向かって言ってんの!?

そっ、そういえばさっきから声が高くなってるし、腰のあたりまで髪の感触があるような……いや、まさか、そんな!?

「なっ、なぁスキンヘッド！　俺の見た目ってどんな風だ!?」

「あぁん？　そりゃおめぇ……銀髪に真っ赤なおめめのお嬢様って感じだが？」

ファァッッッ!?　おおおおおおおおお、俺がお嬢様ぁああああああああッ!?

急いで近くにあった噴水を覗き込みにいくと、そこには確かに、目が死んでいること以外はパーフェクトな美少女がいた!!　ゲームを始めたばかりなので服装は簡素な黒いドレス一枚だが、銀色の髪に驚くほど似合っていた。

恐る恐る白い頬をペタペタと触ってみると、水面《みなも》に映っている女の子も同じ動作をして……!

「って、どうしてこうなったぁー!?」

「なっ、なんだなんだぁッ!?」

女の声で絶叫を上げる俺に、スキンヘッドがビクンと跳ね上がるのだった。

——数分後。

「がっはははははは!　それで、ランダムエディットした結果が絶世の銀髪赤目美少女ってか!?　いやぁオメェ最高だなぁユーリ!」

「ってよくねーし全然最高じゃねぇよ!　ああもうっ、やっぱり俺ってば不幸だー!」

馬鹿みたいに笑うスキンヘッドの隣りで、俺は綺麗《きれい》な銀髪をガシガシと掻《か》き毟《むし》った!

あれから俺は噴水の縁に腰かけ、妙に絡んでくるコイツに事のあらましを話してやった。

……そしたらこの通り大爆笑である。まず現実での不幸っぷりが嫌になったからゲームに逃げてきたと言ったら笑われ、ランダムエディットで女の子になっちまったと言ったらさらに笑われ、ついでにサモナーと弓を選んだと言ったら、もう抱腹絶倒のバカ笑いだ。

チクショウッ、人の不幸がそんなに面白いかオラァーーーーッ!?

「クソッ、人のことを笑いものにしやがって！　てかゲームを始めた理由や見た目がこうなっちまったのはともかく、なんで職業と武器を言ったら笑われたんだよ！　サモナーと弓は最強だって、攻略サイトに書いてあったぞ！」

「ブフゥーーーーーーッ！　あ～そいつぁご愁傷様だなぁユーリ。そりゃ荒らし連中が書いたウソだよ」

「は？」

「たまにいるんだよなぁ、誰でも編集できる攻略サイトにそんなガセ情報を載せるヤツ。実際のところ、サモナーはよわっちぃ不遇職で弓は全然当たらない最弱武器なのによぉ」

「はっ……はああああああああああああああああああああああああああっ!?」

なななななななんだそりゃああああああああああっ!?　じゃあ俺はこんな見た目になっちまった上に、性能まで残念なことになっちまったってかぁ!?

「ハハハハッ！　まぁガセ情報が書かれたら良識ある連中が直すようにしてるんだが、そいつらだってすぐに気付けるわけじゃねぇ。ガセが書かれてから修正されるまでの数十分間の間に、たまたまお前はサイトを覗《のぞ》いちまったってことだな！」

「そ、そんな……不幸だーーーっ！」

おのれッ、俺のとんでもない不幸っぷりはゲームライフさえも邪魔しやがるのかッ!?

ていうか何度かサイトをチラチラ見たけど、いつもサモナーと弓は最強って書かれてたぞ！……まさか俺が覗くタイミングとガセ編集がされるタイミングが、たまたま毎回重なってたってことなのか!?　うぎゃあああああああああああッ！

ガックリと肩を落とす俺に、いよいよスキンヘッドは気の毒になってきたのか、背中を優しく撫《な》で――さらに追撃を加えてきた！

「あ～ユーリ、元βテスターとしてはっきり言っておくぞ？　幸運値極振りは……ゴミもいいところだ」

「ゴミィッ!?」

「まぁ聞けって。幸運値はスキルの発動確率と、倒した敵からのレアアイテム排出率に関係したステータスだ。それに加えて『クリティカルヒット』っていうのがあってな、このゲームじゃあ頭と心臓に攻撃が当たった時、低確率で三倍のダメージが発生するシステムがあるんだよ。幸運値を上げるとそれの発動率も上がるとされている」

「へぇ～、だったら弓でパンパン頭や心臓を射貫《いぬ》いてけば無双できるじゃねぇか。弓は当たりづらいって言ってたが、それだって幸運値を上げれば運よく当たりまくるようになったり……」

「いや、ならねぇ。弓の命中率を決定づけるのは、あくまでもプレイヤーの腕前だけだ。……さぁ質問だユーリ。オメェ、狙ったところに矢を当てれる自信はあるか？　弓道の経験は？　仮に弓道経験者だったとしても、動く敵に当てることは出来るかぁ？」

は、はぁ!?　そんなの……、

「無理に決まってんだろうがッ！　俺はズブの素人だぞ!?　なんかゲーム的な補正がなけりゃぁ飛ばせるかどうかだってわかんねーよ！」

「そういうこった。素人だろうが振るえば当たる剣と違って、当たらねぇ武器に意味なんてねーよ。これが弓が最弱とされる理由だな。

そして、仮にオメェが弓道の天才だったとしても筋力値0じゃダメダメだ。筋力値が高ければ高いほど、弦が硬くてしなりも激しい強力な弓を使えるようになるんだぜ？　筋力値0でも扱える初期装備の弓なんて、オモチャだよオモチャ！」

お……オモチャァ～～～～……!?　ステータスはゴミ扱いで、武器はオモチャ扱いかよッ！

え、じゃあなに？　サモナーはどうなってんすか!?

「んで最後に、サモナーは……可哀想《かわいそう》なナニカだな」

「可哀想なナニカッ!?」

「ああ。まずモンスターを呼び出して操れるとされるサモナーだが、下準備としてモンスターを倒して手下にしないといけねぇんだよ。この時ほかのプレイヤーの助けを借りたら必ず失敗するらしい。……だけどたとえ倒しても手下になる確率は低いし、さらにサモナーには相手にダメージを与えれる『アーツ』がねぇ。

たとえば剣士の職業で刀剣類を持ってたら、『ギガスラッシュ』っつー強力な斬撃のアーツを放てるようになるんだが、サモナーはモンスターを強化するアーツのみだ。仲間がいなきゃガチで無能だぜ？」

「えええええええ……じゃあ最初の一匹目を手下にするには、弓と同じくゲーム的な補正なしでタイマンで倒さないとダメなのかよ。しかも、手下になるまで何度も」

「そういうこった。まぁ普通のステータスをしてて普通の武器を装備してたなら、『始まりの草原』をピョンピョン跳ねてるウサギくらいどうにか倒せるだろうよ。……だけどそんなザコを仲間にしてもしょうがねぇし、何よりオメェさんの場合はなぁ……」

あーあー悪かったなスキンヘッドオラァァーーーーッ！　どうせ俺はゴミステータスで最弱武器だよッ！　防御も0だから、たぶんウサギにすら噛《か》み殺されるよッ！

ああ……不幸にもほどがある。深く溜《た》め息《いき》を吐《つ》く俺の肩を、スキンヘッドがバシバシと叩《たた》いた。

「元気出せやユーリっ！　キャラを作り直せばいい話じゃねぇか！……まっ、その美少女すぎるアバターを捨てるのはちょっと惜しいがな。

イジりすぎたアバターにありがちな違和感がまったくないし、そいつぁマジでＡＩ様にしか作れない最高の一品だぜ!? 乳も大きくて形がいいし！」

「って、嬉《うれ》しくねぇよスキンヘッドー……！ つーかお前、なんで俺に声をかけてきたんだ？」

「あんッ!? そんなもん、ナンパのために決まってんだろうがッ！ このゲームは現実の顔がアバターのベースになるんだぜぇ!? だったらそんな美少女アバターをしてるやつぁ中身も美少女って相場が決まってんだよッ！ なんでオメェ男なんだよ馬鹿ッ！」

「知らねーよ馬鹿ッ！」

……ダメージが発生しない街中なのをいいことに、しばらく俺たちはポコポコと殴り合うのだった。

◆◇◆

徐々にヒートアップしていった不毛なボコり合いから数分後。

汗まみれになりながら膝に手をつく俺の前には、スキンヘッドの男がぶっ倒れていた。

「ぜぇーっ、はぁーっ……！　クソッ、ギリギリ負けたぁ……！　そんなツラしてやるじゃねぇかユーリ……ッ！」

「はぁ、はぁ……まぁな……ッ！　昔からコンビニに行けば不良に絡まれてケンカになるのが日常だったからな……！」

「ってオメェどんだけ不幸なんだよッ!?」

大声を上げるスキンヘッド。筋肉ムキムキな見た目にたがわず、まだまだ元気いっぱいらしい。

ふぅ……まぁ勝ったには勝ったが、バトルをサポートしてくれる『スキル』やら『アーツ』やらを使われてたら一瞬でぶっ飛ばされてただろうな。そもそもこのスキンヘッド、幸運値極振りで現実の身体能力と変わらない俺に力加減を合わせてくれてたし。

汗で張り付くドレスの胸元をパタパタとしたあと、倒れているスキンヘッドに手をさしのべた。

「……お前、いい奴《やつ》だな。おかげで色々すっきりしたよ」

「へっ、人のことを負かしといてよく言うぜ。ステータス補正を封印してた以外は、わりとガチで闘《や》ってたんだがなぁ」

男臭く笑いながら、俺の手を握り返すスキンヘッド。ふと彼を引っ張り起こしたところで、何やら周囲にそれなりの数のプレイヤーが集まってこちらを見ていることに気付いた。って見せもんじゃねぇから!?

「がはははっ、まぁオメェみたいな別嬪《べっぴん》とオレみてぇなゴロツキが殴り合ってりゃ注目されるわな!……んでどうするんだよユーリ。荒らし連中のガセに引っかかって作ったそのキャラ、やっぱり作り直すのか?」

「ん〜……いや、しばらくこのままで頑張ってみるかな! 戦い方によっては意外となんとかなるかもしれないだろ?」

「おぉそりゃいいや! いっそそのままトッププレイヤーにでもなって、ガセのつもりで書いた連中を見返してやりな!」

俺の背中をバシバシと叩きながら豪快に笑うスキンヘッド。そんな彼と笑顔で別れ、俺はさっそく狩場へと旅立っていったのだった。

条件:『プレイヤーとの三分間以上に亘《わた》る戦闘』達成!
スキル【真っ向勝負】を獲得しました!
【真っ向勝負】:近接攻撃時、極低確率でダメージ一割アップ!

ってなんかスキル覚えたッ!?

【ついに】総合雑談スレ　１５６【サービス開始だ！】

1. 駆け抜ける冒険者

ここは総合雑談スレです。

ルールを守って自由に書き込みましょう。パーティー募集、

愚痴、アンチ、晒しなどは専用スレでお願いします。

次スレは自動で立ちます。

前スレ：http://＊＊＊＊＊＊＊＊＊＊

281. 駆け抜ける冒険者

例のスキンヘッドが始まりの街で殴り合いしてて草

282. 駆け抜ける冒険者

>>281

βテスト時代、傭兵プレイとかいって色んなトップギルド

を渡り歩いてたやつか

傭兵ってか蛮族にしか見えないんだが・・・

283. 駆け抜ける冒険者

>282

見た目は世紀末だが気さくで良いやつだぞｗｗｗ

まあスケベだから女プレイヤーからは嫌われまくってるけ

どな

>>281
てかどんなやつと殴り合ってんだ？

290. 駆け抜ける冒険者

>>283
目付きの鋭いなんかものすげー銀髪の美少女。やたら喧嘩慣れしてるっぽくて草

292. 駆け抜ける冒険者

ガタッ！ ヤサグレ美少女きたこれ！！！！！！

294. 駆け抜ける冒険者

>>290
やったあああああああああ美少女だあああああああああ！
あのスキンヘッドのことだからどうせナンパしてトラブったんだろうなぁw

310. 駆け抜ける冒険者

なんか美少女美少女いってるけど、中身はわからんぞ。本当の美少女がゲームなんてするか？

315. 駆け抜ける冒険者

>>310
ばっきゃろ、昔のオンゲーと違ってＶＲゲームじゃ顔はリアルベースになるんだから、リアル美少女の可能性大だろ！　夢見させろや！

ちなみにこれ動画な。ちょうど広場にいて撮れたわつ http://＊＊＊＊＊＊＊＊＊＊＊

333. 駆け抜ける冒険者

>>315
やったあああああああああああああああああああああああマジで美少女だあああああああああ！！！！！！
てか最後、殴り合いの果てにスキンヘッドと友情生まれてて草
スケバンアネキかな？

350. 駆け抜ける冒険者

アネキ系銀髪美少女、きたな！！！！！！！　やったぜ！！！！！！！

第二話　初めての勝利！

だだっぴろい草原の中、手元に弓矢を顕現させて弦を引き絞る。狙うのは数十メートル先にいるウサギのモンスター『ホーンラビット』だ。

よ～し悪く思うなよウサギィ！　草をモシャモシャと食っているその無防備な背中に向かって、バシュッと矢を放ったのだが――、

『ウサァ～ッ！』

「ってあークソッ、外した上にこっちに気付かれたッ！　撤退だー！」

ヤツがこちらを振り向くや、俺は一目散に逃げだした！　一度攻撃を受けてわかったが、防御０じゃ一撃でＨＰの半分を持ってかれちまう！

チクショウがーッ！　最弱の練習用モンスターだって聞いてたのに、これで三回連続の敗走だーッ！

俺はゲーム補正のまったく働いていない足を動かし、必死でザコモンスターから離れていったのだった。

◆
◇
◆

「——はぁ。駄目だ、サモナーに弓に運極振り……マジで全部ゴミすぎる」

街を出てから数時間。俺は未《いま》だに、一匹もモンスターを仕留められずにいた。

気付けば辺りは真っ暗だ。現実の世界でも真夜中だろうし、そろそろログアウトしたほうがいいかもしれない。

草原の中にあった大きな岩に腰を下ろし、俺はメニューウィンドウを呼び出した。

「ログアウトボタンはっと……いや、その前にアイテムを確認しておくか」

キャラ作成時に『初心者の弓』と一緒にもらえた『初心者の矢』は……うわ、あと二本しかねぇ!?

つまり放ったものを回収しない限り、たった二回しか攻撃できないってことだ。俺は弓の不遇さに改めて溜《た》め息《いき》を吐《つ》いた。

「街に戻って購入するにも金がかかるよなぁ。俺、まだモンスターを倒せてないから所持金ゼロだしどうすんだよ一体……!　しかも今は夜だから、もっと弓が当たりづらくなってるし……！」

俺は完全に途方に暮れた。モンスターを操るサモナーの職業には一撃で相手を倒せるような『アーツ』がない上に、ステータスは運極振りでボロカスだ。逆に相手の攻撃を二発もくらったら死んでしまう。

そんで通常攻撃は当たりづらい上に、回数制限もあると！　なんだそりゃっ！

「はぁぁぁぁ、不幸だ……！　結局ゲームをはじめてよかったことなんて、気の良いスキンヘッドのやつと出会えたことくらいじゃねぇか！　くそっ、やっぱりキャラを作り直そっと！」

そうして俺がログアウトボタンをタップしようとした時だ。不意に地面がボコリと爆《は》ぜるや、錆《さ》びた剣が飛び出してきた！

『ウラメシヤ……ウラメシヤァーーーッッ！』

「って、なんだよ一体!?」

口もないのに唸《うな》り声《ごえ》をあげる謎の剣。いきなりのことに戸惑いながらもソイツを注視してみると、うっすらと文字が現れた。

レアモンスター：リビング・ウェポン

プレイヤーに放棄された初期装備品が、持ち主に対する恨みから蘇《よみがえ》った存在。

っ、なるほど。そういうモンスターだったか。そういえば今は夜だから、ゴースト系の敵が現れたって不思議じゃないな。レアモンスターというからには、ヤツはその中でも珍しいタイプのモンスターらしい。

『キシャァアアアアアーーーーー!』

「ッ!?」

って納得してる場合じゃない! 斬りかかってきたリビング・ウェポンの攻撃を横に転がることで回避し、すぐさま弓矢を顕現させる!

「くそっ、これでもくらいやがれッ!」

弦を引いて矢を放つ! だが相手が細身なこともあって、矢はどこかに飛んで行ってしまった! クソッ、これで俺はあと一回しか攻撃出来ねぇッ!

戸惑う俺に、リビング・ウェポンは真《ま》っ直《す》ぐに突進してくるッ!

『ウラメシヤァアアアアアアアアアアアアアアアアアアアアアアアッ!』

ああ、こうなったらイチかバチかだ！　俺は弾丸のように飛んでくるリビング・ウェポンを前に手を広げ――白羽取りを行った！

結果は見事に成功だ！　奴《やつ》の刀身を受け止めることができた！

『キシャァ……キシャァーッ！』

「くぅう……ッ!?」

だが、ヤツの執念は強かった。こちらの筋力値がまったくないこともあり、俺は勢いのままに押し倒される！

そうして倒れ伏す俺の顔へと、ヤツは切っ先を近づけてきた……！

『ウラメシヤ……ウラメシヤァァアアアアア！』

俺の手のひらを削りながら、ジリジリと迫るリビング・ウェポン。持ち主に捨てられた憎しみが、怒号となって夜空の下に響き渡る。

ああ、だが……頭に来てんのはこっちもなんだよォッ！！！

「ふざけんなふざけんなふざけんなッ！　現実逃避をしたくてゲームを始めた結果がこれかよッ！　悪質な連中のガセに踊らされ、何も出来ずに無様に死ねだと!?　ふざけるなッ！

俺のことを……舐《な》めんじゃねぇーーーーッ！」

折れるほどの勢いで首を傾け、両手を離してリビング・ウェポンを解放するッ！　するとヤツは俺の頬を斬り裂きながら、地面に勢いよく突き刺さった！

『キシャァアアアアアッ!?』

戸惑いながらも再び浮かび上がろうとするヤツだったが、させるものか！　俺はリビング・ウェポンの柄《つか》を全力で握り締めると、空いた片手に最後の矢を顕現させた！

そうしてソレを、弓につがえるのではなく――、

「食らいやがれぇッ！！」

リビング・ウェポンの錆びた刀身に、思いっきり叩《たた》きつけたッ！　筋力値のせいで腕が跳ね返される始末だが、知ったことかッ！

折れないように先のほうを握り、ガンガンガンッと何度も何度も何度も叩き付ける！

するとここで、幸運値極振りの効果が発動した――！

スキル【真っ向勝負】発動！　ダメージアップ！
スキル【致命の一撃】発動！　ダメージアップ！
スキル【真っ向勝負】発動！　ダメージアップ！
スキル【致命の一撃】発動！　ダメージアップ！

低確率でダメージを上昇させるスキル二つが、攻撃を当てるたびにほぼどちらかが発動する！

スキル【真っ向勝負】はスキンヘッドと殴り合った後に習得していたものだ。俺はあいつと出会えた幸運に心から感謝した！

『ウゥゥゥゥゥゥゥッゥゥウゥッ、ウラメシヤァァアアアアアアアアアッ！』

「ッ!?」

その時だ、リビング・ウェポンが力ずくで拘束から逃れたのだ！　ヤツは矢を握り締めていた俺の腕を一瞬で斬り飛ばすと、放物線を描いて距離を取った。

そうして――今度こそ俺を殺すべく、超高速で突進してくるッ！

「ハッ、やってくれるぜ。片腕がなくちゃ白羽取りも出来ねぇか……！」

――だが、上等だ。見れば先ほどの連打のおかげで、リビング・ウェポンの刀身にはヒビが入っていた。ヤツも限界が近いのだろう。

ならばッ、

「真っ向から、ぶん殴るだけだああぁッ！」

俺は残った片手を握り締め、ヤツに向かって全力で駆け出したッ！

一瞬にして縮まっていく距離の中、俺は腕を引き絞り、ヤツの切っ先めがけて突き出すッ！

『キシャァーーーーーーッ！』

「オラァアーーーーーーーッ！」

月明かりの下、刃《やいば》と拳が激突を果たすッ！

鋭い切っ先はいともたやすく俺の皮膚と肉を抉《えぐ》り裂いていくが……知ったことかーッ！


スキル【根性】発動！　致命傷よりHP1で生存！

スキル【真っ向勝負】発動！　ダメージアップッ！

スキル【致命の一撃】発動！　ダメージアップッ！

クリティカルヒット！　弱点箇所への攻撃により、ダメージ激増ッ！


その瞬間、圧倒的な幸運値により全てのスキルが発動を果たすッ！　文字通り【根性】によって鋼よりも硬くなった俺の骨は、リビング・ウェポンの切っ先を叩き割った！

『キシャァアアーーーッ！！？』

「いい加減にッ、くたばりやがれーーーッ！」

気合一閃《いっせん》――！　俺の拳はヤツの刀身をバキバキに打ち砕き、残った柄を何十メートルも向こうへと殴り飛ばしていったのだった！

その瞬間、盛大なファンファーレが鳴り響く……！


レアモンスター討伐！　レベルが5までアップしました！

ステータスポイント40獲得！

条件：『初討伐が自分よりも格上のモンスターor30回以上、自分より格上のモンスターを討伐する』達成！

スキル【ジャイアントキリング】を習得しました！

【ジャイアントキリング】：極低確率でレベルが上の相手に対するダメージを一割アップさせる。

調教成功！　レアモンスター：リビング・ウェポンが仲間になりましたッ！


「よっ……しゃあああッ！　やってやったぜーッ！」

ファンファーレが響き続ける中、俺は拳を上げて喜び叫ぶ！

「よーしよしっ、勝った勝ったーーー！……ってイタタタタッ!?」

はじめての勝利にはしゃいでいた時だ。不意に片腕に鈍痛が走った。

……そういえばズバッと切り落とされてたんだったな。ゲームだから痛覚制限はされてるが、それでもちょっと痛いし不快感が半端ない。

俺は急いで『初心者用ポーション』を手元に呼び出し、それを傷口にかけた。すると視界の端にあるＨＰバーが回復するのと同時に、傷口がパァッと光って腕が生えてきた。現実だったら入院クラスの大怪我《おおけが》なのに、このあたりは本当にゲームだよなぁ〜。

ちなみに地面に落ちていた腕は溶けて消えた。草木の栄養になってくれ。

「よし、これで身体《からだ》も元通りだぜ！　さて、それよりも……」

治った腕を動かしながら、先ほどのことを振り返る。

たしかメッセージの最後に『調教完了！　リビング・ウェポンが仲間になりました』ってあったよな？

……あいつのこと粉々に殴り砕いちまったんだけど、その場合どうなるんだろうか？　破片を集めてボンドでくっつければ復活するのかな？　めんどくさくてやりたくないんだが。

無駄にデカい胸の下で腕を組み、う〜〜んと首を捻《ひね》っていた時だ。リビング・ウェポンの柄を殴り飛ばしたほうから、何やらフヨフヨ〜ッと黒いモヤが漂ってきた。

むッ、新しい敵かッ！　俺はすぐさま落ちていた矢を握り締め、モヤモヤ野郎へと向ける！

弓を使うアーチャーなんてもう古すぎるッ！　これこそが天才的な俺が生み出した、矢を絶対に当てるためのバトルスタイルだ！　的に当てたきゃ近づいてぶっ刺せばいいんだよーーーーーーーッ！

「さぁきやがれッ！　ぶっ殺してやる！」

『キシャァ！　ウラメシクナイヤ～～！』

するとどうだろう。黒いモヤは地面にうずくまった後、ひっくり返って腹（？）を見せ始めたのだ。なんだコイツっ、なんか犬みたいで可愛《かわい》いなぁ！

楽しげに謎のモヤを見ていると、メッセージさんが文字を表示した。

リビング・ウェポン（素体）はアナタに完全服従しています。
リビング・ウェポン（素体）に新しい憑依《ひょうい》先を設定してください。武器アイテムに限ります。
武器が損壊した場合、モンスターは死亡します。

んっ、あーーーそういうことね！　コイツは錆《さ》びた剣に芽生えた魂そのものか！

う〜ん弓はゴミだからそのへんに捨てたし、それならば……、

「おいポン太郎、この矢に憑《と》りつくことは出来るか？」

『キシャ〜〜〜！』

手にしていた矢を突き出すと、リビング・ウェポンことポン太郎は細い矢の中に沁《し》み込んでいった。

その瞬間、矢が漆黒の光に包まれる――――！

武器アイテム『初心者の矢』に憑依させせました！
武器の威力に憑依させたモンスターの筋力値を加算します！

メッセージさんがそんな表示を！　むむむむっ、つまりは俺の貧弱すぎる筋力値問題解決ってことじゃねーか！　これで相手に十分なダメージが与えられるぜーーーーーーー！

「よーしよしよし！　これからよろしくな、ポン太郎ッ！」

『キシャーッ！』

柄の部分にすりすりと顔をすり寄せると、ポン太郎もブルブルと震えて喜びを表してくれた！

……ってそういえばコイツ、剣に憑依してた時はふよふよ飛んだりしてたよな。

「ポン太郎……お前、矢に宿った状態でも飛べたりするのか？」

そう言って放してみると、ポン太郎は見事に俺の周りを飛び回った！

おっ……おおおおおおおおおおおおッ!?　これならもしかしたら、弓の命中率問題を解決できるんじゃないかッ!?

俺はポイ捨てした弓を拾い上げると、何十メートルか先で動いてる毛玉……たぶんホーンラビットに向かって矢を構えた。

「よーし……いってこい、ポン太郎ッ！」

『キシャアアアアアアアアアッ！』

するとどうだろう！　弦から放たれた勢いのままに、漆黒の光を纏《まと》った矢は複雑怪奇な軌道を描いて、見事にウサギの頭に突き刺さったのだ！

スキル【致命の一撃】発動！　ダメージアップッ！

クリティカルヒット！　弱点箇所への攻撃により、ダメージ激増ッ！

ホーンラビットを倒した！　ユーリとポン太郎は経験値を手に入れた！


ポン太郎自身のステータスが加算されてることに加え、幸運値極振りにより発動するダメージアップスキルとクリティカルヒット……！　これによってホーンラビットは一撃で死に絶えるのだった。

さらに……、

『キシャ～！』

どうですか姉貴ィッ！　とでも言うように、ポン太郎を宿した矢は高速で俺の手元に戻ってきたのである！　これで矢を消耗してしまう問題も解決だ！


ああ……この瞬間、俺は確信した！

「……『サモナー』で『運極振り』で『弓使い』の組み合わせ、これなら戦えるじゃねえかああああああああッ！」

いけるいけるいけるいけるッ！　まだ防御面の不安も残るが、これなら十分戦えるッ！

これならガセ情報を書いた連中……初心者を騙《だま》すような悪質なβテスターどもをギャフ

ンと言わせられるッ！

よーーーーーーーーーーし！　この組み合わせで、なってやるぜトッププレイヤーッ！

「いくぞポン太郎、今日は徹夜で狩りまくりじゃあああああああッ！」

『キシャーッ！』

元気に叫ぶ相棒と一緒に、俺は次の獲物を探して走り出したのだった！

第三話　再会のスキンヘッド！

ゲーム開始から二日目！　俺は連休中であるのをいいことに、朝から狩りに興じていた。今も弓に漆黒の矢（inポン太郎）をつがえ、五十メートルほど先にいる銀色のオオカミにシュートだッ！　狙いなんてポン太郎がコントロールしてくれるから、俺は思いっきり引くだけだぜ！

「いけぇポン太郎ーッ！」

『キシャァアアアアアアアアアッ！』

オオカミめがけて元気に飛んでいくポン太郎。最初はナイフみたいに尖《とが》ったツッパリ（つーか剣）だったが、拳でグチャグチャにしたことで今では立派な舎弟となった。俺の自慢の鉄砲玉だぜ！

『ワッ、ワフゥーッ!?』

おっ、オオカミの野郎が飛んでくるポン太郎に気づきやがった！　ものすごいスピードで逃げていきやがる！

だけど逃がすかっ！

「アーツ発動、『スピードバースト』！」

その瞬間、ポン太郎の飛翔《ひしょう》速度が二倍になる！

サモナーのみが使うことの出来るモンスター強化系のアーツだ。これを受けたポン太郎は一瞬にしてオオカミとの距離を縮め、その脳天を突き刺したのだった！

『ギャンッッッ!?』


スキル【ジャイアントキリング】発動！　ダメージアップッ！

スキル【致命の一撃】発動！　ダメージアップッ！

クリティカルヒット！　弱点箇所への攻撃により、ダメージ激増ッ！

レアモンスター：シルバーウルフを倒した！

ユーリとポン太郎は経験値を手に入れた！

ユーリのレベルが10になりました！

条件：『クリティカルヒットを連続で十回or累計で三百回以上出す』達成！

スキル【非情なる死神】を習得しました！

【非情なる死神】：クリティカルヒットが発生した時のダメージをさらに三割増しとする。

おおおおおおお～、今のやつはレアモンスターだったのか！

レアモンスターを倒すと経験値の入りがいいからな、おかげでキリのいいレベルになれたぜ！

あと【非情なる死神】ってスキルに目覚めたのもありがたいな～！

スキンヘッド曰《いわ》く『クリティカルヒットは弱点箇所に攻撃したとき低確率で発生するもの』らしいが、幸運値に極振りしている俺の場合は、かなりの頻度で発生する。

それにポン太郎が自動で頭や心臓に攻撃を当ててくれるから、クリティカルヒット時に発動するスキルはめちゃくちゃ有用性が高い！

『キシャシャ～～～！』

「おうっ、お疲れポン太郎！　ナイス特攻だったぜ！」

楽勝でさぁ姉貴ィッ！って感じで戻ってきたポン太郎を撫《な》でてやると、俺はレベルアップでもらったステータスポイントを全部幸運値にブチ込んだ！

それによって俺のステータスはこんな感じになる。

名前　：ユーリ

レベル　：10
ジョブ　：サモナー
使用武器：弓
ステータス
筋力：0　防御：0　魔力：0　敏捷《びんしょう》：0　幸運190＋19
スキル
【幸運強化】【根性】【致命の一撃】【真っ向勝負】【ジャイアントキリング】
【非情なる死神】
装備
　頭　：なし
　体　：『初心者のワンピースドレス（黒）』
　足　：『初心者のブーツ』
　武器　：『初心者の弓』
　装飾品：なし

う～～～～～～ん、相変わらずの幸運値極振りっぷりだ！　見てて惚《ほ》れ惚れするぜ！

そんでスキルは【幸運強化】以外一定確率で発動するようなものばかり。完全に幸運値依存のスキル構成だ。

そんでそんで装備は………うん、弱いッッッ！（確信）

「ゲーム開始時から変えてないもんなぁ。よーし、一度『始まりの街』に戻って装備を一新させるか！　昨日の夜からモンスターを狩りまくってきたおかげでドロップアイテムも溜《た》まってるしな！」

全部売ればかなりのお金になるだろう。それを使って装備を大幅強化だぜー！　また一歩トッププレイヤーに近づくぞい！

弓とサモナーを馬鹿にしたβテスター連中に逆襲する日を想像しながら、俺は上機嫌で駆けて行ったのだった！

【サービス】総合雑談スレ ２００【二日目】

1. 駆け抜ける冒険者

ここは総合雑談スレです。

ルールを守って自由に書き込みましょう。パーティー募集、愚痴、アンチ、晒しなどは専用スレでお願いします。

次スレは自動で立ちます。

前スレ：http://＊＊＊＊＊＊＊＊＊＊＊

281. 駆け抜ける冒険者

ベータからやってるトッププレイヤーたちはもう20レベル近くになってるんだっけ？
俺なんてまだ10レベルにもなれずに初心者の草原をうろちょろしてるわ
たまーに出る銀のオオカミが鬼門すぎる・・・

282. 駆け抜ける冒険者

>>281
レアモンスターは強いからなぁ。夜にはリビング・ウェポンっつーやつも出るぞ
防御力は大したことないが、高速で飛ぶし身体が刀身一本だけだから攻撃が当てづらいのなんの

弓使いだったら地獄だな・・・

283. 駆け抜ける冒険者

>>282
弓使いなんてどんなモンスター相手にしても地獄だろｗｗｗｗｗ
動きが鈍いやつを相手にしても、そーいうやつはだいたい防御が高いから矢を消耗しきってジリ貧になるしなぁｗｗｗ

290. 駆け抜ける冒険者

>>283
弓ってマジで魔法の劣化版だよな・・・
魔法は十メートルくらいしか飛ばないけど、思考操作で軌道も操れるしな
それに比べて弓は射程距離ハンパないけど、ぜんぜん当たんねーし矢を消費しないといけないし、ゴミすぎるだろ・・・

292. 駆け抜ける冒険者

>>290
ここでトリビアだ。実は矢のほうも武器アイテム扱いになっていて、手に装備して相手を刺すことが出来るんだぞい！

294. 駆け抜ける冒険者

>>292
なるほど、近づいてぶっ刺せば絶対に当たるな！

って馬鹿ｗｗｗｗｗｗｗｗｗｗそれなら最初から剣つかうわｗｗｗｗｗｗｗｗｗそんな電波プレイやるやつぁいねーよｗｗｗｗ

310. 駆け抜ける冒険者
そういえば攻略サイトなんかに『弓最強！　サモナー最強！』

ってガセ情報を流すベータ勢がいるけど、実際に引っかかっちまった初心者っているのかなぁ？

どっちも最弱の間違いだぞ・・・

315. 駆け抜ける冒険者
>>310
すぐに直すようにしてるが、まぁ運悪くひっかかっちまったヤツはいるだろうなぁ
それに加えて『ステータス構成は幸運値極振りが最強です！』
ってガセも最近流されてるみたいだぞ

333. 駆け抜ける冒険者
>>315
サモナーで弓使いで幸運値極振りなんて戦えねーだろｗｗ

ｗｗひどすぎるｗｗｗｗｗｗｗｗｗｗ

350. 駆け抜ける冒険者

実際にそれで戦えてるやべーやつがいたら見てみたいもんだなｗｗｗｗ

『始まりの街』に戻ってきた俺は、騒がしい表通りを抜けて寂れた路地裏にきていた。

その理由は簡単だ！　チャラチャラとした場所より、こういうジメッとしたところのほうが凄腕《すごうで》の職人がいるって昔から決まってるからだ！　きっと営業努力まったく絶無の、頑固で偏屈だけど腕だけはいい爺《じい》さんが店を構えてるに決まってる！　さぁ、出てこい職人オラァアアアアアッ！

そうして裏通りを練り歩くこと数分。不意に後ろから声をかけてくる者がいた。

「へへへっ、そこの銀髪の綺麗《きれい》な姉ちゃん！　オレとしっぽり遊ばねぇか～？」

うげ～ナンパかよ～！　女と間違えられるのはリアルだけにしてくれってのッ！

うんざりとしながら後ろを振り向く。すると、

「「って、お前かよッ！」」

……そこにいたのはスキンヘッドの野郎だった。

俺たちは顔を見合わせ、はぁ～～～と揃《そろ》って溜め息を吐《つ》いたのだった。

◆◇◆

「──コンチクショウッ！　後ろ姿だけでわかるくらいタイプの女がいると思ったら、ダチ公だったとか笑えねぇよッ！　つーかユーリ、なんでオメェ路地裏なんかにいたんだよ？」

「そりゃ職人を探すために決まってんだろ。腕のいい職人は目立たないところにいるもんだ！」

「って偏見じゃねぇかソレッ!?」

　あれから数分後、俺とスキンヘッドは表通りのオープンカフェで食事を取っていた。

　VRゲームというだけあって味覚も完全再現されている。俺たちはハンバーガーをバクバクと食べつつ、適当にダベることにした。

「おいスキンヘッド、食べかす付いてるぞ。あ、そこじゃなくて……あーっ、俺が拭ってやるよ」

「おうわりぃな！……んでユーリ、バトルのほうはどうだったんだよ？　ゴミ職業と最弱武器とクソステータスの組み合わせ、ちゃんと戦えたかぁ～？」

「ああ、バッチリだぜ！　おかげで10レベルになれたところだ！」

「ってマジかよッ!?　今のプレイヤーどもの平均レベルよりちょい上じゃねぇか！　オメェすげーな！」

　お、そうなのか！　そいつは嬉《うれ》しいぜ！

ウサギと追いかけっこして何時間か無駄にしちまったが、ポン太郎を仲間にして戦い方を思いついてからは絶好調だったからな！

「ユーリ、オメェいったいどんな戦い方を……いや、マナー違反だからやめとくわ。とにかく頑張ったんだなぁオメェ！」

「ああ、ありがとうなスキンヘッド。つーか他のヤツならともかく、お前にだったら教えてやっても構わないぞ？」

「いやいや、聞かねーどくわ。なんたって三日後にはプレイヤー同士の大規模バトルイベントが開催されるからな！　そこで戦うことになった時に情報知ってたらフェアじゃねえだろ」

ほほう、大規模バトルイベントとな！　あ〜そういえばそんなこと書いてあったなぁ。

たしか特殊フィールドに呼び出されて、最後の数人になるまで殺し合うとかだったっけ。

俺、防御力ゼロだから多人数戦は自信がないな〜……！　それをなんとかするためにも装備職人を探さないと。

「オメェも出るんだろ、ユーリ？　なんたってガセ情報を書いた連中をギャフンと言わせる絶好の機会だもんな！」

「おう、もちろんだ！……なぁスキンヘッド。そこで相談があるんだが、腕のいい職人プレイヤーを知ってないか？　じつは新しい防具が欲しくてさぁ。カッコいい全身鎧《よろい》とか！」

「ああん？　そりゃ何人か知ってるが……いやオメェ、全身鎧は無理だろ。重い装備を身に付けるにはそれ相応の筋力値が必要になるんだぜ？」

なっ、なにぃいいいいいいいいいいッ!?　そういう設定なのかぁぁあああああ!?

じゃあ筋力値ゼロの俺には鎧なんて一生着れないじゃないか！　せっかく全身鎧を着て今のヘンテコな見た目を隠そうと思ったのにっ！

思わずガックリと項垂《うなだ》れてしまった。そんな俺の肩を、スキンヘッドはバシバシと叩《たた》きながら大笑いする。

「ガハハハハハッ！　まぁ元気だせやユーリ！

あ～、そういえば知り合いの職人プレイヤーの中に高性能な服飾類を作れる奴《やつ》がいたわ。弓と同じく、このゲームの生産作業はかなりシビアで慣れが必要になるもんなんだが、ソイツぁ腕がよくってよ～」

「マジかっ！　紹介してくれスキンヘッドー！」

「おういいぜ！　かなりぶっ飛んだ性格のヤツだが、オメェだったら紹介しても問題ねぇだろ。連絡は飛ばしておくから、ここの建物に行ってみな。そこがヤツの店だぜ」

そう言ってスキンヘッドはマップ画面を表示させ、ある一点を指してくれた。

へぇ、サービス開始から二日目なのにもうお店を持ってるのか！　すごいな！

「サンキューダチ公ッ！　さっそく行ってみるわ！」

「おうまたなぁユーリ！」

お礼としてアイツの分のハンバーガー代も机に置き、さっそく俺は駆け出す！

よーし、男らしい服とか作ってもらおーっと！

◆　◇　◆

「お〜、ここが職人さんのお店かぁ」

スキンヘッドに紹介してもらってから数分後。俺は表通りにある立派なレンガの建物の前にいた。

すごいな、三階建てくらいあるじゃないか！　一階にあるショーウィンドウにはめちゃくちゃオシャレな服がいっぱい並んでるし、プレイヤーもわんさか店の中に入っていく。

こりゃー期待できそうだなぁ！　誰だよ、凄腕の職人は目立たないところにいるとか言ってたやつ。腕が良ければ表通りでバンバン売りまくってるに決まってるじゃねぇか！

「よし行くかぁ！　すいませーん。えーっと、スキンヘッドの紹介で来ましたー！」

……そういえばスキンヘッドのプレイヤーネーム知らねぇなぁと思いつつドアを開いた。

するとプレイヤーに接客していた金髪のお姉さんが、こちらに近づいてきて――つーかダッシュしてきたッ!?

「あっ、あああああああああああああああああああようやく見つけましたわあああああああああああああッ！　わたくしの理想のモデルになる子がぁあああああああああああっ！」

「はぃいいッ!?」

俺の手をガシッと握り、いきなり彼女はそんなことを言ってきたのだった。

第四話　新戦略と新装備

「申し遅れましたわ。わたくしの名はフランソワーズっ！　この世界で一番の職人プレイヤーを目指す者ですっ！」


そう言って優雅に頭を下げるフランソワーズ。

あれから三階にあるプライベートルームに通された俺は、ふっかふかのソファに座らされて大歓迎を受けていた。目の前の机にはケーキやらお菓子やらがいっぱいだ。

それらをもしゃもしゃいただきながら彼女に応える。

「んぐんぐっ、ゴクンッ！　ほぇ～、世界一を目指してるとは気合入ってんなぁ！　俺はユーリ、不遇要素満載でトッププレイヤーを目指す者だ！」

「うふふっ、あのスキンヘッドから聞いてますわよ。話の通り、カラッとしたお人のようですわね。

それでユーリさん。筋力値ゼロでも着れる装備をお探しだそうですが、それならばぜひわたくしに作らせてくださいませッ！　わたくし、可愛《かわい》いお客様に可愛いドレスを作ってあげるのが大好きですのよぉ～!!」

うえええええッ!?　か、可愛いドレスぅ!?

「いや俺、男らしくてカッコいい服が着たいんだがッ！」

「何を言ってますのぉおおおおおおおおおおおおおおおおッ！　アナタのその奇跡のように麗しいアバターには、もはやドレス一択ですわよッ！　他の選択肢なんてありませーんっ！　アナタはわたくしのモデル決定でーす！

さぁさぁさぁ、仮にもβテスト時代のトップ職人であるわたくしお手製の装備を手に入れるチャンスですわよ!?」

「わ、わかった！　頼むよフランソワーズ！」

ぐいぐいと迫ってくる彼女に、俺はいよいよ根負けした。

まぁ不遇要素満載でトップを目指すとなると、生半可の装備で妥協してちゃダメだからな。ここは素直に彼女を頼ろう。

「……もうどんな見た目でもいいから、出来る限り性能のいいやつをくれ。ガセを流しやがった一部のβテスターどもを、ギッタギタにしてやりたいからな！」

「ふふっ、わかりましたわ。……といってもβテスターにすぐさま勝てるようになるのは難しいですわよ？　一か月続いたβテスト時代のデータから、お金を持ち越す権利が与えられていますもの。

わたくしはそのお金でこのお店を購入しましたけど、大抵の者は強力な武器を手に入れているでしょうね」

ああ、だからフランソワーズはゲーム開始二日目で自分のお店を持ててたのか。こりゃあんで、職人プレイヤー以外の連中はその資金力を全部戦闘力に変えてくると。こりゃあたしかに厄介だな。

だが、

「へっ、多少不利なほうが燃えるじゃねえか！　その上でボッコボコにしてやったほうが連中も悔しがるってもんだろ！」

「あらあら……スキンヘッドに聞いていた通り、中身は本当に男の子ですのね。わかりましたわ、わたくしも全力でサポートしましょうっ！

それではユーリさん、アイテムボックスのほうを見せていただけますか？　作り手として流石《さすが》にタダでプレゼントってわけにはいきませんもの。有用そうなアイテムがあったら代金としていただいたり、服の素材にしますわ」

「わかった、ほらよ」

メニューを開いて彼女の前に表示させる。

するとフランソワーズはギョッとした表情をして、

「なななっ、どうなってますのこれーーーーーーッ!?　レアモンスターのリビング・ウェポンから低確率で取れる『呪いの魂片』に、同じくレアモンスターのシルバーウルフが極低確率で落とす『銀狼《ぎんろう》の霊爪』!?　他にもモンスターたちがたまにしか落とさないレアドロップ品がいくつも……！　これが、幸運値極振りの効果ですの!?」

「どうだフランソワーズ、いい装備は作れそうか？」

「ええもちろんッ！　これらを使えば現状でトップクラスの装備が作れますわ！」

　ユーリさん、一日待ってくださいまし！　明日には最高の品をお渡ししますから！」

　燃えるような瞳でそう宣言するフランソワーズ。見た目は貴族のお嬢様って感じだが、彼女も熱い魂を持ったいっぱしの職人プレイヤーらしい。

「よーし任せたぜフランソワーズ！　じゃあ俺は、武器のほうをどうにかするかな」

「任されましたわユーリさんっ！　ああ、弓でしたら筋力ゼロで打てるものなんて限られますわよ？　それこそ初期装備品くらいしか……」

「ああ、わかってるって」

　ここに来るまでにNPCのショップなんかを覗《のぞ》いてみたが、やっぱり弦が硬くて威力の高いものはそれ相応の筋力値を要求するらしい。だから俺は弓を手に入れることを諦めた。

　というわけで、別の方向から強化を図るぜ！

「ちょっとリビング・ウェポンを乱獲してくるわ。そいつらを全部矢に憑依《ひょうい》させて、無理やり手数を増やしてやるぜ！」

「えええええええッ!?」

驚くフランソワーズに別れを告げ、俺は店を飛び出していった。

よっしゃぁ！　目指すはゴーストモンスターが大量に出るというダンジョン『死神の地下墳墓』だ！

ポン太郎を特攻隊長にした、リビング・ウェポンの暴走族を作り上げてやるぜぇえええええッ！

◆◇◆

『死神の地下墳墓』。攻略サイトによると、それは始まりの草原の隅っこにある地下ダンジョンで、出てくるモンスターたちのレベルも草原よりかなり高いとされる場所だ。

リビング・ウェポンを倒しまくるためにそこに潜った俺だったが、ここで二つほど大問題が発生した。

『グガァァァアアアアッ！』

「ってうわぁ!?　地面からゾンビが湧き出してきやがった!?　戻ってきてくれ、ポン太郎ッ！」

遠くの敵へと放っていたポン太郎を急いで呼び戻す！

この地下ダンジョン、地面からたまにアンデッドモンスターが奇襲を仕掛けてくるため、ポン太郎を放っている間に俺が襲われることがあるのだ！　攻撃手段がポン太郎一択しかない俺にはきつすぎる！

『グガァアアアッ！　シネェェエエエッ！』

さらにさらにさらにッ、

「いぎぃっ!?」

スキル【根性】発動！　致命傷よりＨＰ１で生存！

ゾンビの引っ掻《か》き攻撃を受けた俺のＨＰは、マックスの状態からわずか一撃で１になる！

【根性】がなければワンパンで死んでいたってことだ！　俺は急いで距離を取り、ゾンビの頭にポン太郎をブチ込んだ！

『グギィッ!?　ガガァ……！』

「って、まだ生きてやがるし……ッ!?」

……幸運値極振りの俺だが、それでも必ずクリティカルヒットやダメージアップスキルが発動するわけではない。

そうなってしまえばこのザマだ。矢の威力には憑依しているポン太郎の筋力値が加算されているが、スキルの効果なしで格上を倒せるほど強力じゃない。元々俺自身のパワーが最低値なのもあるしな。

要するに、全体的にステータスが足りなさすぎるのだ！　初心者の草原ではまだ誤魔化せたが、ここにきて幸運値極振りの難易度が上がりやがった！

『グガガァ……！』

『コロスゥウウ……！』

『グガーーーーーッ！』

ってうわッ、ゾンビどもが集まってきやがったぁぁあああああッ!?

「くそっ、いくぞポン太郎ッ！　ここは撤退だ！」

このままでは勝てないと判断し、急いで出口にダッシュする！

……ついでに言えば敏捷《びんしょうち》値も足らなかった。このダンジョンでは一番遅いとされるはずのゾンビどもを相手に、俺は本当にギリギリで逃げ延びたのだった。

◆
◇
◆

「はぁ～～～～～～～～～、酷《ひど》い目にあったな……！」

地下墳墓の入口付近に腰を下ろし、俺は深く溜《た》め息《いき》を吐《つ》いた。

だだっ広い草原ならばモンスター一体一体を遠距離からスパスパ射《う》ってりゃ楽勝だったが、地面から奇襲してきたり狭い通路などもある地下墳墓内ではモンスターに囲まれやすい。そうなれば運任せのワンパン型はお終《しま》いだ。

「……結局リビング・ウェポンは一体も倒せず、ゾンビ数匹を狩れただけかよ。まぁおかげでレベルは二つほど上がったが……」

手に入ったステータスポイント20を見て思う。……これは、筋力値と敏捷値に振り分けるべきじゃないかと。

そうすれば先ほどのようなことにはならないだろう。どうにか逃げ回りながら威力の少し上がった矢を射っていけば、確実に安定性は上がるはずだ。

まぁそうしたら『幸運値極振り』じゃなくなってしまうが、それでもサモナーと弓の有用性だけは証明できる。『初心者の草原でしか戦えませんでした』ってしょぼい結果で終わるよりはマシだ。

「うぐぐぐぐぐぐぐぅ……！」

俺はステータス画面を見ながら頭を抱え、数秒思い悩んだあと——覚悟を決めて吼《ほ》え叫んだッ！

「うおりゃぁあああああああぁッ！　男は度胸だぁーッ！　三大不遇要素を全部抱えて戦うからこそカッコいいんじゃァーーーーーーいッ！」

中途半端になってたまるかッ！　俺は幸運値に全ポイントをブチ込み、男の覚悟を貫いた！

ふぅううううううううっ！　気持ちいいー！

「よーし、こうなったら意地でもこのプレイスタイルを貫いてやるぜ！……だけど地下墳墓の攻略はどうするかなぁ。このままじゃ戦えないし……」

う～んと首を捻《ひね》りながらステータス画面とにらめっこする。

そこでふと思い出した。そういえばゾンビを数匹倒した時に、何か素材アイテム以外のものを落としてた気がすると。

ダンジョンの中じゃろくに確認できなかったからな。アイテム画面を見てみると『呪いの指輪』と『邪神契約のネックレス』という装飾品アイテムがあったため、それぞれ実体化させて確認してみる。

「うわっ、めっちゃ禍々《まがまが》しいデザインっ！　なんかヤンキーとかが好きそうなやつだ！　名前のほうも不気味だし、一体どんな効果を……って、なんじゃこりゃあああああああっ!?」

それらは二つとも頭のおかしい効果を秘めていた！

装飾品『呪いの指輪』ドロップ頻度：低確率
・装備者のＨＰを１にする。
装飾品『邪神契約のネックレス』ドロップ頻度：極低確率
・装備者のＨＰが１のとき、幸運値を三倍にする。

「どっ、どっちも装備するヤツなんていねーよ！　ＨＰを１にするだけの指輪はもちろん、ネックレスのほうも上がるのは幸運値だけなのかよッ!?　ＨＰ１しかない場面だったら、敏捷値とか筋力値を上げてくれよ！」

は〜、運が悪い。どうせ低確率で手に入るドロップ品なら、希少な素材アイテムのほうを落としてくれたらよかったのに。なんだよこりゃ？

たしか装飾品アイテムは三つしか装備できないはずだ。貴重な枠であるため、ほとんどのプレイヤーは常時ステータスを補正してくれるような無難なものを装備していると聞く。だからこんなイカれた装飾品、よっぽどの異常者でなきゃ装備したりは…………いや、待てよッ⁉

「……どうせ俺、一撃でＨＰが吹き飛んじまうんだよな？　だったらＨＰ１でも問題ないわけだ。それに幸運値が三倍にもなれば【根性】の発動率もグンッと上がるから、逆にしぶとくなれるんじゃないか⁉」

いいやそれだけじゃない。幸運値が跳ね上がればダメージアップ系のスキルたちも発動しやすくなるため、殲滅《せんめつ》力だって上がるわけだ！

「う……うおおおおおおおおおおッ！　これはもしかしたらイケるんじゃないかッ⁉　地下墳墓、幸運値極振りで攻略できるかもしれない！！！」

思い立ったら即行動だッ！　俺は即座に二つの装飾品を身に付けた！

これによってＨＰは１になるが、幸運値は６００を突破したぜッッッ！　他は全部ゼロだけどな！！！

「よーしやってやらー！　いくぞゾンビどもッ！　そしてリビング・ウェポンどもォッ！

お前ら全員滅ぼしてやるぜぇッ！」

悩みも解決していい気分だッ！　俺は意気揚々と地下墳墓に逆襲をしかけたのだった！

◆　◇　◆

「うおおおおおおおおおくたばりやがれアンデットどもぉおおおおおおッ！　アーツ発動、『スピードバースト』『パワーバースト』ッ！」

『グガガァアアアアアアッ!?』

サモナーの技によって強化されたポン太郎を放ち、ゾンビどもを殲滅しまくるッ！

漆黒の光を纏《まと》った矢は複雑怪奇な軌道を描き、ゾンビどもの身体《からだ》を次々と貫通していった！

スキル【ジャイアントキリング】発動！　ダメージアップッ！
スキル【致命の一撃】発動！　ダメージアップッ！

クリティカルヒット！　弱点箇所への攻撃により、ダメージ激増ッ！

スキル【非情なる死神】発動！　クリティカルダメージさらにアップ！

マーダーゾンビ×8を倒した！　ユーリとポン太郎たちは経験値を手に入れた！

ユーリのレベルが15になりました！


よーーーーーしっ、スキル発動しまくりでまたまたレベルアッーーーープッ！

頭のおかしい装備品を身に付けてから絶好調だぜ！　頭のおかしい装備品でも頭のいい俺が身に付ければ頭のおかしさが帳消しになって普通に良い装備品になるってことだな！

ガハハハハッ！　プラスマイナスゼロッ！

『キ、キシャシャ〜……！』

「あん、なんだよポン太郎？」

何やら空中に浮かび上がり、『ニ×ニ』という軌道を描いていくポン太郎。うん、イチかけるイチって言いたいのかな？　よくわかんねーやつだぜ！

可愛《かわい》い舎弟の奇行っぷりをクスクスと笑っていた時だった。

不意に近くの地面がボコりと爆《は》ぜ、二体のゾンビが出現したのだ！

『グガァーッ！』

『コロスーーーッ！』

涎《よだれ》を垂らしながら飛び掛かってくるゾンビどもッ！

ポン太郎は遊んでいたせいですぐさま戻ってこられない。これまでの俺だったらかなりヤバい場面だが、

「【根性】オラァアアアアアアッ！」

やつらの攻撃が当たった瞬間、期待通り【根性】のスキルが発動してくれた！　元からＨＰが１の俺は実質ノーダメージで生き残る！

さらにぃッ！

「現れろ、ポン次郎ッ！　ポン三郎ッ！」

『『キシャーーーーーーーーッ！』』

両手にそれぞれ漆黒の光を放つ矢を出現させ、双剣のごとくゾンビどもの首を斬り裂いたッ！

それによってクリティカルと大量のダメージアップスキルが発動し、やつらを一撃で退治する！

「よーしやってやったぜー！　お前ら、ナイス初仕事ッ！」

『『キシャシャ～ッ！』』

総長もお疲れ様ですッ！って感じで元気に叫ぶ二本の矢。

こいつらこそ『死神の地下墳墓』を荒らしまわってようやく見つけたリビング・ウェポンどもだ！　なんか二本仲良く散歩してたため、まとめて倒したら同時に仲間になった！　かなりモンスターを倒してきたのにポン太郎しか仲間にならなかったからビックリだぜ。もしかしたら手下にしたモンスターと一緒に同種のモンスターを倒したら、仲間になりやすいのかもしれないな。検証したら攻略サイトに書いておこうと思う。

「おっしゃあ！　この調子で地下墳墓を完全制覇だ！　他のリビング・ウェポンどもも傘下に加えて、暴走族を結成してやるぜぇ！」

『『キシャアアアアアアアッ！』』

ポン太郎たちも元気いっぱいだ！　ふよふよと浮かぶ舎弟どもを引き連れ、俺は地下墳墓の奥へと歩いて行った。

ブレイドスキルオンライン

BLADE SKILL ONLINE

【攻略】総合雑談スレ ２０５【進んだ？】

1. 駆け抜ける冒険者

ここは総合雑談スレです。

ルールを守って自由に書き込みましょう。パーティー募集、愚痴、アンチ、晒しなどは専用スレでお願いします。

次スレは自動で立ちます。

前スレ：http://＊＊＊＊＊＊＊＊＊＊＊

281. 駆け抜ける冒険者

そもそもこのゲームってどんな設定でどんな目標をクリアすればいいんだっけ？

最新のＶＲってだけで適当に買ってみたんだが

282. 駆け抜ける冒険者

>>281
魔王が世界中にダンジョンをばらまいたから、その奥にいるボスどもを倒して世界を平和にしろとかそんなんだぞ
まあゲームだから何度もボスが復活する設定だがw

283. 駆け抜ける冒険者

>>282

βテスト時代だと最初にボスを倒したプレイヤーの名前が読み上げられたんだよな
まだサービス開始二日目だけど、そろそろトッププレイヤー勢がどっかのダンジョンを攻略するんじゃないか？
死神の地下墳墓なら適正レベル15くらいだし

290. 駆け抜ける冒険者

>>283
いや、あそこアンデッドモンスターばっかでめんどくさいだろ！
あいつら手足が千切れてもかまわず攻撃してくるから近接職はダメージを負いやすいし
あと足元から急にゾンビが出てくることがあるから、後衛職にとってもダルすぎる場所だぞ？
レベルが30近くなってから火力で一気にクリアするのがベータからのセオリーだろ

292. 駆け抜ける冒険者

>>290
同じ適正レベル15くらいなら北のゴブリン砦や南の海底神殿やらに行ったほうがいいよな
まあ初心者の草原からかなり遠いから移動に時間がかかるが、あんなマゾダンジョンに挑むよりはいいわｗｗｗ

294. 駆け抜ける冒険者

>>292
初心者が「近くにダンジョンがあるぞ〜！」って意気揚々と突っ込んでいって、ボコボコにされるのが通例なんだよなw
ある意味運営の罠だわｗｗｗｗｗｗｗｗ

310. 駆け抜ける冒険者

そういえばゾンビから取れる『呪いの指輪』ってあれどうすんだ？
ＨＰ１になるだけってどんな装備だよ・・・

315. 駆け抜ける冒険者

>>310
ＨＰが１になったときに発動するスキルを無理やり引き出すためのもんだな。
たとえばＨＰ１のとき筋力値が三倍になる【死ぬ気の馬鹿ヂカラ】とか
まあ常時死ぬ寸前でプレイなんて危なっかしくて出来たもんじゃないけどなｗｗｗｗやってる奴いたら異常者だわｗｗｗ

333. 駆け抜ける冒険者

>>315
スキル【根性】を付ければいいだろ！　そんで幸運値に極振

りして発動率を上げたら完璧だぜ！

350. 駆け抜ける冒険者

>>333
いや筋力ゼロになったら【死ぬ気の馬鹿ヂカラ】の意味ないだろ馬鹿ｗｗｗｗｗｗｗｗｗ
まっ、所詮はネタ装備ってやつだな。あんなの付けてガチ攻略する異常者なんていねーだろｗｗｗｗ

第五話 決戦、『リビング・アーマーナイト』VS異常者！

「うおっ、でっかい扉発見」

『死神の地下墳墓』を荒らしまわること数時間。いよいよレベルが19になった時だ。ゾンビをボコりながら突き当たりを曲がったところで、俺はどでかい扉に出くわした。

「……これ、どう見てもボスの部屋ってやつだろ。たしか攻略サイトによると、ゾンビキングとかいうデカいゾンビだったっけか」

う～～～ん挑もうか引き返そうか迷うなぁ。明日になればフランソワーズが新しい装備をくれるし、それからのほうが安全性は高いだろう。

たしか死亡すると経験値を20％マイナスされちゃうみたいだからな。【根性】が絶対に発動するわけじゃない以上、無理して玉砕するのも嫌だ。

「よし、今日は散々戦ったしやめとくか。無謀な真似《まね》はせず、引き際を見極めるのが出来る男ってやつだからな～」

そうして俺が踵《きびす》を返そうとした時だった。不意にポーンという音が響き、視界の端にメッセージが表示されたのだ。

『ワールドニュースッ！　ザンソードさんとフーコさんとエイドさんとラインハルト・

フォン・エーデルフェルトさんのパーティーが、ゴブリンキングを初討伐しました！　ダンジョン：ゴブリン砦《とりで》、最速攻略完了！』

なっ、なにいいいいいッ!?　もしかして一番初めにボスモンスターを倒せば、全プレイヤーに大宣伝してくれるのかッ!?

おいおいおいおいおいおいおいおいおいおい……そんなの知っちまったら……！

「う、うおーーーッ！　そんなのやるしかないじゃないかッ！　よっしゃぁ、俺もボスに挑んでやらーッ！」

無謀な試練にも果敢にチャレンジしていくのが出来る男ってやつだからな！！　俺の名前を世界中に響かせてやるぜ！

「いくぞ！　ポン太郎、ポン次郎、ポン三郎、ポン四郎、ポン五郎ッ！」

『『『『『キシャシャーーーーーーー！』』』』』

了解でさぁ総長ッ！って感じでやる気いっぱいの声を上げる手下たち。

ポン次郎とポン三郎を仲間にしたあと、うろうろしてたら新たに何体かリビング・ウェポンが現れたのでボコグチャにして仲間にしたのだ。これで暴走族も形になってきたな！

ちなみに幸運値が激増したおかげかゾンビも仲間になったのだが、痛みを感じない体質と脳みそが腐ってるせいで指示も聞かずに暴れまわってすぐ死にました。ゾン太郎、そこらへんに眠る。

（勝手に暴れて）殺されたアイツのためにも、絶対にボスを倒してやるぜ！

「たのも～！」

『『『『キシャ～！』』』』

巨大な扉を押し開き、俺たちはボスの部屋へと入っていった。

◆◇◆

「……ってなんだここ、真っ暗じゃないか」

扉の先には広間のような場所が存在していた。しかし辺りは薄暗く、周囲の様子がわかりづらい。

う～ん急に襲ってきたらたまったもんじゃないなぁ。そう思いながら何歩か進んだ、その時。

『――挑戦者か』

くぐもった低い声が闇の中より響き渡った。次の瞬間、ボッボッボッと壁際にあった松明《たいまつ》に火がついていき、声の主が明らかになる。

って……なんだこいつは！

『魔王様に逆らう冒険者よ、この私が相手になろうッ！』

闇の向こうにいたのは、漆黒の全身鎧《よろい》を着た騎士だった！

注視すると『ボスモンスター：リビング・アーマーナイト』という文字が。ってゾンビキングじゃないのかよ!?　β時代と変わってるじゃねえか！

『そちらから来ないなら、いくぞッ！』

「っ!?」

どこかから二振りの剣を出現させ、アーマーナイトは駆けてくる！

って速いッ!?　奴《やつ》は数瞬で目の前にまで現れると、交差するように双剣を振るって俺の身体《からだ》を吹き飛ばした！

「ぐはぁあああああああッ!?」


スキル【根性】発動！　ＨＰ１で生存！

くそっ、いきなりぶっ殺されかけたッ！　俺は急いで体勢を立て直して弓を構えたが、そこに奴は双剣をブン投げてきやがったッ！

「ってうわぁッ!?　そんなのありかよ！」

咄嗟《とっさ》に転がってどうにか避けることに成功する！

チクショウ、こんなの予想できるか！　剣士が剣を投げるとかどうなってんだよ!?

「くそっ、今度こそ……！」

予想外の攻撃に驚きながらも、俺が反撃しようとした時だ。ここで更なる予想外の事態が起こったのである！

『ギジャァァアアアアアッ！　ウラメシヤァアアアアアアアアッ！』

「なっ――!?」

ヤツが放り投げてきた双剣が、宙に浮かび上がって咆哮《ほうこう》を上げたのだ！

こいつらはまさか『リビング・ウェポン』!?　ボスの武器までモンスターだっていうのかよッ！

……もうこの時点で何度も驚かされたっていうのに、ヤツの脅威はこれだけじゃなかった。

『さぁ、これで終わりだ挑戦者よ！　アーツ発動、邪剣招来！』

アーマーナイトが叫んだ瞬間、ヤツの周囲に新たに三本の剣が出現したのだ！

それらは先ほどの双剣と一緒に、一斉に俺へと飛び掛かってきた！

「はっ、はは……こんなの無茶苦茶だな……ッ！」

迫りくる五本の剣を前に俺は呟《つぶや》いた。

こいつは明らかにソロで攻略できるような相手じゃない。プレイヤーたちとパーティーを組み、対策を立てた上で挑むようなボスだ。

こんな相手に不遇要素満載で一人で挑むなんて馬鹿げている。初挑戦で勝てる可能性は皆無に等しい。

だが、

「……だからこそ、燃えるじゃねえかあああッ！」

俺は五本の矢をつがえ、迫り来る剣の群れへと射出した！

「アーツ発動ッ！『スピードバースト』、『パワーバースト』！」

猛加速するポン太郎たち。漆黒に光る矢は全ての剣を破壊し、アーマーナイトの身体を貫通していった！

『ぐがあああッ!? な、なんだと……！ そんなか細い矢によって、我がリビング・ウェポンたちをいともたやすく!?』

驚愕《きょうがく》の声を上げるアーマーナイト。やはりと言うべきか、穴の開いた鎧の中身は空っぽだった。

俺はポン太郎たちを呼び戻しながら、やつの疑問に答えてやる。

「破壊できて当然だろう。それらの矢にはリビング・ウェポンを憑依《ひょうい》させてんだ。それに俺の使い魔になったポン太郎たちは、フィールドを彷徨《さまよ》っていた時よりもレベルアップしてるんだからな。そこにサモナーの支援を加えりゃ、ただのリビング・ウェポンに負けるわけないだろうがッ！」

『ッ、貴様……我が同胞を手下にするとは！』

怒号を上げながら再びやつはアーツを発動させる。周囲の空間がゆらぎ、今度は六本の剣が出現した。むろん全てがリビング・ウェポンなのだろう。

『これならば防げまい！　行けええええッ！』

アーマーナイトの叫びに応えて射出されるリビング・ウェポンども。

なるほど、これなら防ぐための手数が足りない。こっちはポン五郎までしかいなかったんだからな。

だがしかしッ！

「反撃しろ、お前らーッ！」

俺は六本のリビング・ウェポンを射出し、アーツで強化することで再び剣の群れを破壊した！

ああ、出来すぎたAIってのも考えものだな！　先ほどの数秒間、やつが疑問の答えをおとなしく聞いてたおかげで無事に『登録』が完了したぜッ！

『ば、馬鹿な!?　貴様、まさか……！』

「おう、悪いなあアーマーナイト。さっきお前が放った手下ども、三本のうち一本を舎弟にさせてもらったぜ！」

ニッと笑って、俺はさらに今仲間にした二本のリビング・ウェポンを出現させた！

そう、これがサモナーの力だ！　ボスモンスターが召喚する取り巻きどもを、こちらの戦力に寝返らせることが出来るんだよッ！

もっとも仲間に出来るかは運次第だが、あいにく俺は『幸運値極振り』だからなぁッ！

『異常者め……そんな頭のおかしい戦い方があるか……！』

「頭のいい俺の戦い方に何を言う。さぁアーマーナイト、勝負はここからだぜ！」

漆黒に光る八本の矢を周囲に展開し、俺はやつへと弓を構えた！

「くらいやがれぇーーーーーッ！」

『滅ぶがいい！』

リビング・アーマーナイトとの死闘が本格的に幕を開ける。

異空間より八本もの黒剣を射出してくるヤツに対し、俺も同数の矢を放ち迎撃する！

それによって仲間にしたばかりのポン六郎やポン七郎やポン八郎は相討ちで地に墜《お》ちたが、レベルの上がっているポン太郎からポン五郎までは無事に弾幕を突破できた。

漆黒の光を放ちながらアーマーナイトに迫る！

「ヤツは大剣を顕現させると、豪快に振るってポン太郎たちを弾《はじ》き飛ばした！

そうして俺を睨《にら》み付け、全身鎧に見合わぬ速さで距離を詰めてくる！

「へっ、弾幕対決が駄目だったら接近戦で勝負ってか！　ならばっ」

俺は三本の矢を顕現させて握り締めた。当然どれもリビング・ウェポンだ。先ほど撃ち墜とした八本の中から仲間になった、ポン九郎からポン十一郎たちである。

これでモンスターの召喚可能数はほぼマックスになった。呼び出せるのは十二体まで……パーティーを組める最大人数が十三人までだからなのだろう。攻略サイト曰《いわ》く『大レイドパーティー』と呼ばれている数だ。

まぁそこまで大所帯になったらフレンドリィファイヤの危険が跳ね上がる上、〝ボスの部屋に突入したプレイヤーの数によってボスのＨＰが上昇する〟という設定から、せいぜい五人か六人がベストとされている。経験値だって戦闘に参加したプレイヤー全員に分散されるそうだしな。

でも、サモナーである俺には関係ない！　モンスターたちはサモナーが獲得した経験値と同等の数値が手に入る仕様になっているし、それにこいつらはプレイヤーじゃなくて使い魔なんだからなぁ！　パーティーであってパーティーではないソロプレイ扱いのため、ボスのＨＰには影響しないだろう。

それにッ、

「接近戦だってやりようはあるんだよ！　弓使いの力を舐《な》めるなぁッ！」

俺は弓をそこらへんに捨て、矢を握り締めて駆け出した！　大剣を振り上げて飛び掛かってきたアーマーナイトに対し、俺も跳び上がって三本の矢を叩《たた》きつけるッ！

『この異常者めっ、弓を投げ捨てる弓使いがいるか！』

「お前だって剣投げてきただろうがッ！」

空中で火花を散らし合う刃《やいば》と鏃《やじり》。

しかし鍔《つば》ぜり合うのも数瞬のこと。俺はすぐに弾き飛ばされ、着地した後の地面を何メートルもズザズザと後退させられた。まぁ筋力値がゼロなのだから当然だろう。

だが、

『ッ!?　どういうことだ……いともたやすく弾き飛ばせたというのに、なぜ私の大剣が刃こぼれしている……？』

俺の攻撃を受けた部分だけ刃の欠けた大剣を見ながら、困惑に固まるアーマーナイト。

ふっ、頭のいい俺の思った通りだ。『三本の矢』の逸話に間違いはなかったみたいだぜ！

「簡単だ。リビング・ウェポンを憑依させた矢の破壊力には、奴らの筋力値が加算されるからな。そして細い矢は剣と違って何本も同時に持つことが出来る。

それらを一気に叩きつけたことで三体分の攻撃を行ったんだよ。つまりは絆《きずな》の力ってやつだ」

『なにぃッ!? だ、だからといって接近戦を挑むような頭のおかしい弓使いがいるかッ! それに何本もまとめたところで、そんな握っただけで折れそうな貧弱すぎる矢では、大剣の攻撃を受け続けることは……!』

「いいや、無限にだって出来るさ。……なにせこいつは最低最弱の初期アイテム『初心者の矢』だ。本来ならば威力なんてまったくないゴミアイテムだが、代わりに『耐久値』が無限に設定されてるんだよッ!」

『なっ、なにぃいいいいッ!?』

驚愕の声を上げるアーマーナイト。そんな奴に向かって拾い直した弓を構え、戻ってきていたポン太郎たちを射《う》ちまくった!

さぁお前ら、死ぬことを恐れずに敵をぶっ殺せ! プレイヤーと違って死んだら消滅してしまうという恐ろしい欠点を持った召喚モンスターたちだが、お前たちは例外だ!

「まっ、憑依先はしょせん初期装備で俺の筋力は最低値だからな。普通のステータスをしたヤツが良い弓矢をぶっ放したほうが威力は出るかもしれないが、そこは絆のパワーで補うだけだ!

さぁいけポン太郎たち、ボスの野郎を穴だらけにしてやれッ!」

『キシャァァアアーーーーーーーーッ！』

アーマーナイトに殺到していく漆黒の矢の暴走族軍団。さらに俺は駄目押しとして、サモナーのアーツを発動させる！

「アーツ発動、『ハイパースピードバースト』ッ！　『ハイパーパワーバースト』ッ！」

その瞬間、ポン太郎たちは漆黒の流星となった！

俺が発動したのは、地下墳墓内でのレベル上げ中に習得した『スピードバースト』と『パワーバースト』の上位版だ。

三十秒ごとにステータスを二倍に出来るあちらとは違って三分間に一度しか使えないものだが、わずか一瞬だけスピードとパワーを五倍に出来るのだ。

猛加速した十一本の矢がアーマーナイトを貫通していく！

『キッシャーーーーーーッ！』

『ばっ、馬鹿なぁあああああああっ!?』

スキル【ジャイアントキリング】発動！　ダメージアップッ！

スキル【致命の一撃】発動！　ダメージアップッ！

トドメとばかりにダメージアップ系スキルが発動。それによってアーマーナイトの全身がついに砕け散った！

『ぐがあああああああああああッ⁉　きっ、貴様ぁあああッ！』

粉々になったアーマーナイトだが、それで終わりではなかった。

ヤツは怨《うら》みの咆哮《ほうこう》を上げながら鎧《よろい》の手甲部分だけになって突進してきたのだ！

『死ねぇぇぇええええッ！』

「へっ、根性のあるヤツだぜ！　だったら相手になってやらぁぁああッ！」

再び弓を投げ捨てて俺は駆け出した！　ヤツとの距離が縮まりゆく中、俺はレベル上げ中に習得したもう一つのアーツを発動させる。

「『サモンリターン』発動！　戻ってこいポン太郎ッ！」

その瞬間、時空を超えて一瞬でポン太郎が手元に戻ってきた。

モンスターを戦わせている間にプレイヤーが奇襲を受けた時、とっさに呼び戻して守ってもらうための危機回避用アーツなのだろう。だが俺は、それを攻撃に使わせてもらうぜ！

握りこぶしの指と指の間に鏃《やじり》を挟み込み、アーマーナイト向かって振り上げるッ！

「これでッ、トドメだぁあああーーーーーーッ！」

轟音《ごうおん》を立ててぶつかり合う手甲と拳！　その対決に勝利したのは、ポン太郎を握り込んでいる俺のほうだった！

【根性】によってダメージを無効化した俺に対し、アーマーナイトの手甲にはヒビが入っていき……！

『こ、こんな異常者に……馬鹿な、馬鹿なぁぁあああーーーーーッ！』

咆哮と共に砕け散るアーマーナイト！　その瞬間、パァァァァアンッ！　というクラッカーの音が部屋中に響き渡る！

おめでとうございます！　ダンジョンボス：リビング・アーマーナイトのソロ討伐に成功しましたッ！
ユーリとポン太郎たちは大量の経験値を手に入れた！　ユーリのレベルが20になりました！
条件：『初心者の武器でボスを討伐する』達成！
スキル【アブソリュートゼロ】を習得しました！
【アブソリュートゼロ】：初期装備で与えるダメージが極低確率で二倍になる。
条件：『HP1の状態でボスを討伐する』達成！

スキル【逆境の覇者】を習得しました！

【逆境の覇者】：ＨＰ１のとき、全ステータスを二倍にする。

弓装備選択者限定条件：『ボスとの戦闘中に弓を複数回投げ捨てる』達成！

スキル【ちゃんと使ってッ！】を習得しました！

【ちゃんと使ってッ！】：投げ捨てた弓が勝手に帰ってくる。

弓装備選択者限定条件：『弓使いでありながら弓を装備していない状態で近接攻撃でボスを討伐する』達成！

スキル【異常者】を習得しました！

【異常者】：弓を投げ捨てることで三秒間、近接攻撃で与えるダメージを二倍にする。

調教成功！　ボスモンスター：リビング・アーマーナイト（魂の断片）が仲間になりました！

レベルが１になったボスモンスターを召喚出来ます！


う、うおおおおおーーーーーーーーーーっ!?　なんか大量のスキルに目覚めやがった！

特に【逆境の覇者】なんてすばらしいな。俺は常時ＨＰ１の状態でやってくつもりだから、つまりはずっと幸運値が二倍ってことじゃねえか！

これで俺の幸運値は１２００突破だ。他は全部ゼロだけどな、わははっ！

【アブソリュートゼロ】も強力だな。幸運値のおかげで発動率を跳ね上げられるし、どうせ俺は初期装備しか装備できない身体《からだ》だし。

でも【異常者】のほうは……効果はともかくスキル名がよくわからないなぁ？　相手が拳の勝負を挑んできたら拳で返してやるのが男の世界の常識じゃないのかよ！」

まぁいいや。弱っちくなったとはいえアーマーナイトを舎弟に出来たから大満足だ。

明日フランソワーズから服を受け取ったら、一旦ポン太郎たちのステータスと一緒に見直してみるといいかもな。アーツやスキルがめっちゃ増えて把握できなくなってきたし。

俺がそう決めた時だった。さらにポーンという音が響き渡り、

『ワールドニュースッ！　ユーリさんが単独で、リビング・アーマーナイトを初討伐しました！　ダンジョン：死神の地下墳墓、最速攻略完了！』

システムメッセージが全プレイヤーたちに向かって発信された！

スキンヘッドとフランソワーズ以外は思わないだろう。ダンジョンのソロ攻略を達成した俺が、サモナーで弓で幸運値極振りの不遇要素満載野郎だなんてなぁッ！

「よーし、この調子で三日後のバトルイベントでも大暴れしてやるぜぇ！」

俺はポン太郎たちと一緒に意気揚々と街に帰っていったのだった！

【初攻略】総合雑談スレ　２０８【なるか!?】

1. 駆け抜ける冒険者

ここは総合雑談スレです。

ルールを守って自由に書き込みましょう。パーティー募集、愚痴、アンチ、晒しなどは専用スレでお願いします。

次スレは自動で立ちます。

前スレ：http://＊＊＊＊＊＊＊＊＊＊＊

100. 駆け抜ける冒険者

すいません始めたばっかの初心者なんですが質問イイですか？

レベルアップでＨＰとＭＰが伸びたんですが、ステータスポイントは筋力値から幸運値までしか振れませんでした。

レベルアップ以外でＨＰとＭＰって伸ばせないんですか？

101. 駆け抜ける冒険者

>>100
その通りだぞ。ある程度レベルが上がってくれば初級のアーツくらいは連発できるようになるから、気合で頑張れ

102. 駆け抜ける冒険者

>>101

嘘吐くな馬鹿w
安心しろ、ちゃんと装備で伸ばせるぞ。ＮＰＣの売ってる装備だと
『鉄の鎧(必要筋力値：10　ＨＰ＋10、防御＋10)』
『魔のローブ(必要魔力値：10　ＭＰ＋15　防御＋５)』って感じで
もちろん例外もあるが、基本的にはＨＰが上がる装備は筋力値、ＭＰが上がる装備は魔力値が必要になるな。
まぁ中にはどっちのステータスもいらない装備もあるが、そういうのは性能カスのコスプレ装備だから狩場には着てくるなよ？

103. 駆け抜ける冒険者

>>102
装備条件をイジることの出来る職人プレイヤーにレア素材を渡しまくってオーダーメイドを頼めば、無条件で着られるのに性能はそこそこイイって装備も作ってもらうことは出来るぞ？
まぁそんなもんのためにレア素材を消費するとか狂ってるけどなwwwだったら条件付きでも性能最高な装備作ってもらうわwww
筋力値も魔力値もゼロでやってる異常者ならともかくさwwwww

104. 駆け抜ける冒険者

>>103
って筋力と魔力ゼロでどう戦えばいいんだよｗｗｗｗ
どっちのステータスにも振ってないとマジで攻撃まともに当ててもカスダメージしか入んねえぞ？ｗ

105. 駆け抜ける冒険者

>>104
サモナーを選んで使い魔に攻撃してもらえば大丈夫だろ！ｗ

106. 駆け抜ける冒険者

>>105
いやいやいやいや、カスダメージしか与えられなくてモンスター倒せなけりゃその使い魔自体捕まえられねーよｗ
もふもふ天国を作りたくてベータで一回選んだことがあるんだが、調教の成功確率マジで低いぞ？　ウサギ三百匹倒してようやく一匹仲間になるくらいだったからなマジで・・・
ただでさえサモナーって攻撃系アーツなくて戦闘長引くんだから勘弁してくれよ
まぁその後ウサギと戦ってたら運がいいのか百匹倒したところでまたウサギが仲間になったが、もうその時点で疲れ切って正規版じゃ剣士やってるわ・・・

107. 駆け抜ける冒険者

>>106
どうせ幸運値がゼロとかだったんだろ？
いっそ幸運値に極振りして調教確率上げまくればすべての問題は解決だぞ！ｗｗｗｗｗ
カスダメージしか与えられない問題も、ダメージアップ系スキルいくつか習得して連打しまくれば少しはマシになるだろｗｗｗ
ついでに弓で遠くから撃って安全度をあげてけｗｗｗｗ

108. 駆け抜ける冒険者

>>107
幸運値極振りでサモナーで弓使いとか地獄すぎるわボケｗｗｗ不遇要素よくばりセットやめろｗｗｗｗ
幸運値極振りじゃ初期の武器しか持てないし、それこそ真のゴミだろｗ
まぁネタでプレイしてみるならいいが、それでダンジョンに来るなよｗｗｗ邪魔だからｗｗｗｗｗ

109. 駆け抜ける冒険者

『ワールドニュースッ！　ザンソードさんとフーコさんとエイドさんとラインハルト・フォン・エーデルフェルトさんのパーティーが、ゴブリンキングを初討伐しました！　ダンジョン：ゴブリン砦、最速攻略完了！』

↑キタアアアアアアアアアアアアアアアアアアアアアアアアアアアッ！

130. 駆け抜ける冒険者

ってうおおおおおおおおおおついにきたー！　ダンジョン初攻略はザンソードのパーティーか！

βのときでも刀使いで有名だったやつだな！

151. 駆け抜ける冒険者

>>130

フーコさんとエイドさんも優秀な風魔法使いと回復役だったよな

しかし､一人だけすげー名前が長い奴いるなｗｗｗｗ

173. 駆け抜ける冒険者

キタキタキタァｗｗｗｗｗｗｗスレが加速するぜぇｗｗｗｗｗｗｗ

180. 駆け抜ける冒険者

>>109

誰だよラインハルト・フォン・エーデルフェルトｗｗｗｗ

名前からしてクールな貴族っぽい見た目してんのかな？ｗ

240. 駆け抜ける冒険者

>>180

この名前で筋肉ゴリゴリのスキンヘッド野郎だったら笑えるなｗｗまぁねえかｗｗｗ
しかし流石にベータ時代のトップ勢はすごいな、二日目でダンジョンクリアか。
オレもレベルが上がったら挑もうと思うけど、ボスに挑むパーティー人数ってどんなもんがいいかな？
あんまり多くなりすぎるとボスのＨＰが跳ね上がるんだっけ

294. 駆け抜ける冒険者

>>240
ザンソードさんとこみたいに４～６人がベストだろうな
まぁレベルが高ければソロでもいけるが、取り巻きモンスターの処理がだるいし今って20レベルあればいいほうだからソロ攻略は無理が・・・
『ワールドニュースッ！　ユーリさんが単独で、リビング・アーマーナイトを初討伐しました！　ダンジョン：死神の地下墳墓、最速攻略完了！』

↑ってファアアアアアアアアッ⁉

310. 駆け抜ける冒険者

>>294
はあああああああああああああああああああああ

ああああああああ⁉ｗｗｗｗｗ

315. 駆け抜ける冒険者

>>294

　え、なに⁉　え！！！？　ソロ攻略達成！！！？

333. 駆け抜ける冒険者

>>294

どどどどどどどどどゆことどゆことどゆこと！！？！？

え、ユーリって誰⁉　地下墳墓のボスってゾンビキングじゃないの⁉　装備は、レベルは⁉

うわあああああああああああツッコミどころありすぎるだろーーーーーーーｗｗｗｗ

350. ＼最速攻略達成者！／

>>294

ザンソードのパーティーの一員だが、オメェらに讃えられにきたぜ〜〜〜ｗ
って書こうとしたらなんだよそりゃぁぁあッッッ！！！？
そいつオレのダチ公なんだが、ソロ攻略ってどうなってんだよ⁉
オレらのインパクト完全に掻き消されちまったじゃねぇかーーーーーー！

388. 駆け抜ける冒険者

>>350
お前ユーリくん(ちゃん?)と知り合いなのか!

そいつどんな装備やジョブやステータスなのか教えてくれ!!! あと見た目は⁉ 性格は⁉

400. ＼最速攻略達成者(´;ω;`)!!!!／

>>388
ああん? マナー違反だから本人の許可取らなきゃステータスやらは教えらんねーよ!

見た目はまぁオレ好みの美人で、性格はカラッとしてて自然体で付き合える感じで、一緒にバーガー食った時もホント笑顔で美味そうに食べてて・・・ってダチ公のことはどうでもいいだろ!

頼むからオレたちの攻略話を聞いてくれよーーーーーーー!(´;ω;`)

437. 駆け抜ける冒険者

>>400
テメェ微妙にのろけてんじゃねえよチクショーーーー!

第六話　皆殺し系アイドル☆ユーリちゃん爆誕！

「フランソワーズ、装備をもらいにきたぞー！」

「まぁユーリさんっ！　ワールドメッセージで知りましたわよ!?　ダンジョンの最速ソロ攻略、おめでとうございます！」

　ゲーム開始から三日目。俺は服職人のフランソワーズの店を訪れていた。

　いやぁ、地下墳墓での戦いは楽しかったなー！　最初に潜った時にはあやうく死にかけたが、頭のおかしい装備でＨＰ１プレイを始めてからはサクサクだぜ！

　これからさらに装備を揃《そろ》えて、もっともっと強くなってやる！

「ふふっ、スキンヘッドに『不遇要素満載で攻略を目指すヤツがやってくる』と聞いた時は驚きましたけど、本当にやってしまいましたわね。そんな方の装備を作れて嬉《うれ》しいです！」

「おうっ！　この調子で二日後のバトルイベントでも大活躍して、フランソワーズの装備を宣伝しまくってやるからな！　それじゃあさっそくもらえるか？」

「ええもちろんっ！」

　彼女が笑顔で応えると、『アイテムボックスにフランソワーズさんからプレゼントが送られました』というメッセージが表示された。

頭と身体《からだ》と足用の装備一式みたいだ。さっそくアイテム画面からそれらをタップしてみると、俺の身体が光に包まれ――、

「ってうわああッ!?　覚悟はしてたけど、マジで女の子用のドレスかよ！　しかもなんかアイドルっぽい……!?」

次の瞬間、俺の服装は黒と白を基調としたゴシック風のドレスに変わっていた！

しかも肩や腋《わき》がざっくりと露出してたり、長くてフリフリなスカートが何重にもなってたりと、なんとも目立つ格好だ。

思わず恥ずかしくなってしまう俺に、フランソワーズはハァハァしながら告げてくる。

「ふふふふふふふふ！　流石《さすが》はユーリさん！　その通り、歌手やアイドルが着ているようなドレスをイメージしてみましたわ！

アナタの長くて綺麗《きれい》な銀髪に似合うようにゴシック調の色を選び、髪の片方の一房だけを黒いシュシュでまとめてワンサイドアップに！

そして羨ましくなってしまうようなツンと突き出たお胸を強調するよう胸部には白い布地を選んで、後はそこを中心に黒で彩っていき――！」

「わ、わかった！　わかったからっ！」

クネクネしながらめっちゃ早く話すフランソワーズを止め、俺は早速性能を確認するこ

とにした。

どれどれ〜、

・頭装備『死神の髪飾り』（装備条件なし　ＭＰ＋30　幸運＋30）
・体装備『死神のドレス』（装備条件なし　ＭＰ＋30　幸運＋30）
・足装備『死神のブーツ』（装備条件なし　ＭＰ＋30　幸運＋30）

「おーっ！　幸運アップはもちろん、ＭＰアップはありがたいなぁ〜！」

これでポン太郎たちを支援するためのアーツがもっと使えるようになったぜ！

サモナーの戦いはモンスター依存だからな。あいつらを強化できるようになればそれだけ戦闘力が上がるってもんだ！

「うふふっ、喜んでいただけたようで何よりですわ。……最初はＨＰや防御値を強化してあげたいと思ったのですが、ユーリさんは幸運値極振りなんですから、半端に耐久力を伸ばしても他のプレイヤーの劣化にしかならないでしょう？

それならば長所をさらに伸ばしてあげるのが一番かと思いまして」

「ああ、大正解だよフランソワーズ！　俺、ＨＰが１になる装飾品を付けて戦ってるからさ！」

「ぶぇえええッ!?　こ、幸運値以外がゼロの上にＨＰ１でダンジョン攻略しちゃいましたの!?……本当にユーリさんのプレイスタイルは異常……あ、いえ、ユニークですわねッ！」

ふはははは、まぁな！　男だったら目指せオンリーワンってやつだ！

俺が上機嫌に笑ってると、ふとフランソワーズが考え込むような表情を浮かべた。

「どうしたんだ？」

「ああいえっ。その、ユーリさんって攻撃のほうはどうにかなってるようですが、敏捷《びんしょう》値《ち》のほうは大丈夫かなと思いまして。

この先モンスターもどんどん人間離れしたスピードになってきますし、移動するにも時間がかかってしまいますわ」

あ〜たしかになぁ。後半になってきて、プレイヤーたちの足がめっちゃ速いことを前提とした広大なダンジョンが出てきたりしたら面倒だな。

防御のほうはもう全部スキル【根性】で何とかすることにしたから諦めたけど、移動速度を上げる手段は欲しいところだ。

……あ、そうだ！

「出てこい、マーくん！」

『ツ――！　ツ――！』

俺の呼び声に応え、虚空から黒いモヤが出現した。

それを見てフランソワーズが飛び跳ねる。

「ひえっ!?　なんですのそれ!?」

「こいつは召喚モンスターのマーくんだよ。昨日倒したボスモンスター、リビング・アーマーナイトが仲間になったんだ」

「えっ、ボスモンスターって仲間になるものなんですの!?　そんなのβ時代には聞きませんでしたけど!?」

「ああ、パワーダウンしたついでに喋《しゃべ》れなくなってるみたいだけど調教に成功したぞ。俺の幸運値が１２００突破してるからかな？」

「１２００ッ!?　どうなってますのそれぇええぇッ!?」

驚きの声を上げるフランソワーズをよそに、俺はマーくんに指示を出す。

武器にモンスターを憑依《ひょうい》させた場合、威力に筋力値が加算されるとしたら……、

「マーくん、俺のブーツに憑依してくれるか？」

『ツ――!?』

「なんだよ嫌なのかよ。じゃあドレスの中に入ってくるか？」

『ツ！！？』

そう言ってスカートをひらひらさせると、マーくんは『え、ええいっ、靴でいいわッ！』って感じでなぜか慌ててブーツに入っていった。するとやはりこうなった。

装備アイテム『死神のブーツ』に憑依させました！
足装備に憑依させた場合、モンスターの敏捷値が移動速度に加算されます！

「おー、やっぱり俺の思った通りだ！　一緒に戦ってレベルアップしていけば敏捷値も増えていくだろうし、これで移動速度問題は解決だな！」
アーマーナイトはかなり速いモンスターだったし、こりゃ期待できそうだな！
よーしこれで装備の一新は完了だぜ！　おかげでステータスはこんなことになった。

名前　：ユーリ
レベル：20
ジョブ：サモナー

使用武器　：弓

ステータス

筋力：０　防御：０　魔力：０　敏捷：０

幸運２９０×３×２＋29＋90＝『１８５９』

スキル

【幸運強化**】【**根性**】【**致命の一撃**】【**真っ向勝負**】【**ジャイアントキリング**】**

【非情なる死神**】【**アブソリュートゼロ**】【**ちゃんと使ってッ！**】**

【逆境の覇者：ＨＰ1のため発動状態。全ステータス二倍**】【**異常者**】**

装備

・頭装備『死神の髪飾り』（装備条件なし　ＭＰ＋30　幸運＋30）

・体装備『死神のドレス』（装備条件なし　ＭＰ＋30　幸運＋30）

・足装備『死神のブーツ』（装備条件なし　ＭＰ＋30　幸運＋30　マーくん憑依状態）

・武器　：『初心者の弓』

・装飾品：『呪いの指輪』（ＨＰを1にする）『邪神契約のネックレス』（ＨＰ1の時、幸運値三倍）

……わぁお。

「すまんフランソワーズ、幸運値1200っていうのは間違いだったわ」

「あらっ、やっぱりそうでしたの!?　まぁですわよね～！　他の一般的なプレイヤーのステータスが色々とスキル込みで300いけばすごいところですのに、極振りだからって1200は……」

「いや、1800超えてた」

「1800超えてたッッッ!?」

大絶叫を上げるフランソワーズ。

いやいやいや、俺だって驚いてるんだぞ？　そっかぁ、改めて確認したらこんなことになってたなんて……！

「よーーーーしっ、今日中にキリよく2000を目指すぜ！」

「っていやいやいやいやいや目指さないでくださいましッ!?　ねぇもうここまで上げたら十分じゃありませんッ!?　そんな頭のおかしい幸運値でフィールドで暴れられたらレア素材乱獲祭りになってしまいますわよッ!?　そしたら色々バランスがっ」

「いや、世間の幸運値極振りを舐《な》めてる連中をわからせるためにも俺は鬼になるッ！」

「鬼にならないでくださいましーーーーーーーッ!?　世間の幸運値極振りを舐めてる人たちッ、はやく考えを改めてぇッ！

あぁ誰ですのっ、ただでさえ幸運値オバケなこの人にさらに運が上がる装備を渡したのは!?　ってわたくしだったーーーーーッ!?」

顔を赤くしたり青くしたりビタンビタンと跳ねまわっているフランソワーズに別れを告げ、俺は店の外へと飛び出した！

「見てろよ、俺のことを騙《だま》した悪質βテスター連中めッ！　馬鹿にしまくってくれたサモナーと弓と幸運値極振りで、お前らの上を行ってやらーーーッ！」

二日後のバトルイベントに備えて新しく仲間になったポン太郎ファミリーズやマーくんのレベル上げもしたいし、他のダンジョンも攻略してやりたいし、やることがいっぱいだな！　はっはっはっはっはっはー！

第七話　決戦、『ドラゴンプラント』！

『ワールドニュースッ！　ヤリーオさんとマジッコさんとクルッテルオさんのパーティーが、ジャンボマーマンを初討伐しました！　ダンジョン：砂浜の大洞窟、最速攻略完了！』

『ワールドニュースッ！　ザンソードさんとフーコさんとエイドさんとライテイさんのパーティーが、ウルフキングを初討伐しました！　ダンジョン：狼《おおかみ》の巣穴、最速攻略完了！』

『ワールドニュースッ！　ラインハルト・フォン・エーデルフェルトさんが単独で、ガチンコゴリラを初討伐しました！　ダンジョン：筋肉の森、最速攻略完了！』

「お～、三日目になってからどんどんワールドニュースが流れてくるな！　ていうかラインハルト以下略ってやつ、俺と同じくダンジョンをソロ攻略したのか！　こりゃ負けてらんねーな！」

流れてくる情報を聞きながら、俺はポン太郎たちを射《う》ちまくっていた！

いま俺がいるのは『食虫神の森』と呼ばれるダンジョンだ。とにかく人食いイモムシやらデカい蜂やら虫系モンスターがわんさか出る場所で、俺の周囲には三十匹以上のモンスターたちが集まってきた。

　だけどッ、

「手元に戻れ、『サモンリターン』！　からのオラオラオラオラオラオラオラァァッ！」

『ピギャァアアアアアアッ!?』

　十一本ある漆黒の矢を射ちまくって手元に戻し、また射っては手元に戻しを繰り返し、イモムシたちを殲滅《せんめつ》していく！

　こりゃ良い修行になるぜ。一度に三本や四本の矢を弓につがえて射つのにも慣れてきた。

　HP1の俺にとっては、強力な単体の敵よりも複数の敵を相手にしたほうが脅威だからな。どれだけ幸運値を上げようがスキル【根性】は確定で発動するわけじゃないんだ、攻撃の回転速度をあげることで弱点を克服していかないと！

『ピギャギャ〜！』

「おっと!?」

　頭上からデカいイモムシが奇襲をかけてきた！　しかしそいつに向かってモンスターを貫通したばかりのポン太郎が〝シャバ僧がッ！　姉貴に手ぇ出すんじゃねぇ！〟って感じでUターンして突き刺さり、近くの木に串刺しにする。さすがは特攻隊長だな！

　しかし……、

『ピギギィ……！』

「う～ん、まだちょっと生きてやがるな。やっぱり俺が直接射《う》って当てないと、ダメージアップ系スキルは発動しないのか」

戦っていて気付いたことが一つあった。矢で射ち放つより多少速度は落ちるが、ポン太郎たちはひとりでに飛んで行ってモンスターを攻撃することも出来る。リビング・ウェポンのスキル【飛行】ってやつだ。

しかし自分で攻撃したり、別のモンスターを攻撃したあと別の相手にぶっ刺さると、『俺の攻撃を当てることで』発動するダメージアップ系スキルが適用されないみたいだ。

そうなるといくらポン太郎がレベルアップしていても、最弱武器アイテムの『初心者の矢』に憑依させているため威力がひかえめになってしまう。思わぬ欠点発見だな。

「ともかくトドメ刺すか。おーらよっ！」

弓を投げ捨て、串刺しになっているデカいイモムシに蹴りを入れる。

その瞬間、弓を捨てることでダメージが上がる【異常者】をはじめとしたダメージアップスキル群が全発動し、イモムシは『ギエピッー!?』って叫んで絶命した。わっはっは、正義は勝つ！

殺人イモムシ×38を倒した！　ユーリとポン太郎たちは経験値を手に入れた！

ポン太郎のレベルが24になった！　何かが起こりそうだ……！


「おっ、何かが起こりそうだってどういうことだ!?」

メッセージさんが気になることを言いやがった！

ポン太郎は元々俺よりレベルが上だったモンスターだ。22の俺よりちょっち高い。

そんで次にコイツは、25っていうキリのいい数字になるわけだから……。

「まさかポン太郎、進化するのか!?」

『キシャ〜！』

〝わ、わかんねぇっす姉貴ィ！　ただオレ、もっとビッグな男になれそうっス！〟って感じで嬉《うれ》しそうにバイブレーションするポン太郎。そんなアイツをポン次郎からポン十一郎たちが囲って、持てはやすようにみんなでバイブレーションしはじめた。感動的な光景だぜ。

そうして深い森の中、俺がブルブル震える黒い矢たちに囲まれていた時だ。不意に森の奥から叫び声が聞こえてきた！

「ひぎゃあああああッ!?　誰かお助けぇえええええッ！」

女の子の声みたいだ。俺は急いでそっちに駆けていった！

◆
◇
◆

「あひぃいいいい死ぬーーーーーーーーーー!?」

俺が駆けつけた先にはとんでもない光景が広がっていた。

スカート丈の短い和服を着た小さなネコミミの女の子が、無数の蔦《つた》によって四肢を拘束されていたのだ。

泣き喚《わめ》きながら手にした短刀を振り回そうとしているが、手首をがっちりと締め付けられていて脱出できそうにない。

『ウガァァァアアアッ!』

和服の少女を吊《つ》るし上げていたのは、ドラゴンと花が融合したような巨大な植物モンスターだった。

ヤツは粘液まみれの口をバックリと開け、彼女を食べようと顔を近づける!

「わー!? お願いですから食べないでぇーーーッ!」

おっと、こりゃピンチだな!

俺は急いで四本の矢を弓につがえ、彼女の四肢を縛っている蔦に射出した！

狙いをたがわず蔦はちぎれ、和服の女の子は地に放り出された。彼女が地面に落ちる直前、とっさに俺は近づいて小さな身体《からだ》を受け止める。

「よっと。怪我《けが》はないか？」

「あッ、ありがとうございます……！」

うぐ……筋力値ゼロじゃ数秒も抱えてられないな。俺は目を白黒とさせている女の子を地に下ろし、植物のドラゴンを睨《にら》み上げる。

視界の端にモンスター説明が表示された。

レアモンスター：ドラゴンプラント
竜の死体を捕食した植物モンスターがその力を取り込んだ存在。

『ウガーーーーーーーッ！』

咆哮《ほうこう》を上げるドラゴンプラント。食事を邪魔されたことに怒ったのか、俺に対して何本もの蔦を放ってきた。

「あ、危ないですよっ!? 逃げましょう!」

それに対して和服の子が悲鳴じみた声を上げるが、

「まぁ見てろって。――いくぞ、お前たち!」

『キシャァアアアアッ!』

ポン太郎ファミリーズを高速で射出し、迫りくる蔦を撃墜! 最後に放ったポン太郎が竜の頭にぶっ刺さる!

『ウガガァアアアアッ!?』


スキル【ジャイアントキリング】発動! ダメージアップッ!

スキル【致命の一撃】発動! ダメージアップッ!

スキル【アブソリュートゼロ】発動! ダメージ倍増ッ!

クリティカルヒット! 弱点箇所への攻撃により、ダメージ激増ッ!

スキル【非情なる死神】発動! クリティカルダメージさらにアップ!

数々のダメージアップスキルにより絶叫を上げるドラゴンプラント。

それとは別に、後ろで震えていた女の子も叫び声を出す。

「ってぶぇぇぇえええぇッ!?　クソ命中率と言われる矢を、迫りくる蔦に全部当てたッ!?　そのうえ一発でドラゴンプラントに大ダメージを与えたッ!?　ちょっとアナタ、いったいどんな弓を使って……ってそれ『初心者の弓』じゃないですかッ!?　なんでそんなの使ってんですか!?」

「ああ、俺筋力値ゼロだからこれしか装備できないんだよ」

「筋力値ゼロッ!?」

ギャーギャー騒ぐネコミミ和服の子。そんな彼女を横目に、俺はドラゴンプラントにトドメを刺すべくポン太郎たちを集結させる。

「いくぞお前たちッ！　『パワーバースト』、『スピードバースト』、『ハイパーパワーバースト』、『ハイパースピードバースト』！」

ＭＰが上昇したことで可能になった強化アーツのてんこ盛りを行う！

バチバチと漆黒に輝く無数の矢たち。俺はそれらを弓につがえ、

「これでッ、終わりだーーーーッ！」

『ウガァアーーーーーーーッ!?』

ドラゴン目掛けて一斉射出！　限界まで強化されたポン太郎たちはヤツの頭を吹き飛ば

し、その巨体を突き倒した！

ズシィイインッと森に轟音《ごうおん》が響くのと同時に、俺の目の前にメッセージさんが表示される。

レアモンスター：ドラゴンプラントを討伐しました！
ユーリとポン太郎たちとコリンは経験値を手に入れた！

コリンだって？……ああ、和服のちっちゃい女の子の名前か。俺が助ける前に多少なりともダメージを与えて、戦闘に参加していた扱いになってたってことか。

彼女のほうを見ると、ドラゴンが消えていく姿を見ながらわなわなと震えていた。

「ふっ、ふぁぁぁぁぁ……!?　ステータスの高いレアモンスターを初心者の弓で倒しちゃうなんてありえない……！

い、一体何がどうなってるんですか！　矢がバチバチと黒く光ってレーザーみたいに飛んでいくアーツなんて、『アーチャー』のジョブにありましたっけ!?」

「いや、俺『サモナー』だから」

「さっ、サモナーッ!?　あのモンスターを捕まえるのがすんごいダルい上に、モンスターを召喚するとパーティー枠を食べちゃうから最初から普通のジョブを選んでプレイヤーと組んだほうが強いと言われる、あの!?」

……めっちゃ早口で喋《しゃべ》ってゼェゼェと息切れ気味になるコリン。口ぶりからして、かなりこのゲームに詳しいらしい。

「コリン、もしかしてお前ってβテスターだったのか？……変なことを聞くが、攻略サイトに初心者を騙《だま》すようなガセを書いたことはあるか？」

「えっ、確かにβテスターですけど、そんなことをした覚えは……」

「あ～そっかそっか、急に悪かったな！　もしもそういうヤツを知ってたら教えてくれ、殺しにいくから」

「殺しにいくからッ!?　いったいその人たちにどんな恨みがッ!?」

ネコミミをビクーンッと跳ねさせるコリン。なんだ、付けてるんじゃなくて生えてるのか！　すごいな！

「すまんコリン、そのネコミミ触ってもいいか……？」

「ってダメですよ!?　これ現実の耳よりも敏感なんですからっ！」

バッと頭を抱えるようにネコミミを隠した。ちぇっ、やっぱりダメだったか～。

「色々と聞きたいこともありますが……とにかくありがとうございました、ユーリさん。

危うく死ぬところでしたよ……」

「気にすんなって。それよりもどうして一人でこんなところに？　他の仲間はいないのか？」

膝に手をついて目線を合わせながら話してやる。すると彼女は大きな瞳をキラキラと光らせ、

「ふっふっふっ！　それはもちろん、このダンジョンのソロ攻略を狙ってですよ！　昨日、ユーリさんという人が最速ソロ攻略を達成したでしょう!?　わたしもβテスターとして、それに続くために…………って、あ――――――――――――――――――――――――――っ!?

もももももっ、もしかして昨日のユーリさんって……!?」

「ああ、それ俺のことだな」

「ファアアアアアッ!?　サモナーで弓使いでついでに筋力ゼロだっていうのに、ソロで攻略しちゃったんですかッ!?」

「おうっ！　さらに言うなら幸運値以外のステータスは全部ゼロだぞ！」

「って幸運値極振りィッ!?　そ……そんな頭のおかしいステータスの人に、わたしってば先を越されちゃったなんてぇ……ふぇえええぇえぇえぇ～……！」

魂の抜けていくような声を上げ、真っ白になって固まってしまうコリンであった。

お～い生き返れ～？

◆　◇　◆

元βテスターのネコ耳和服少女・コリンと出会った俺は、共闘しながらダンジョンボスの下に向かうことにした。

ギャアギャア騒いでいた彼女だが、（死んだ目で）冷静になってからの戦いぶりはカッコいいものだった。

何十四も寄ってくる巨大イモムシたちを手にした短刀で斬り裂いていく。イモムシたちも必死で噛《か》み付こうとしているが、目にも留まらぬ速さで駆ける彼女には、まったく攻撃が当たらない。

「ふふっ、どうですかユーリさん。素早さに特化したステータスと小さな身体の組み合わせは！　被弾率が減れば回復ポーションも必要なくなり、お金が浮いて効率よくゲームを進めれるってもんですよ！　移動速度も上がりますしね～！」

「合理的な性格してんなぁコリンは。あ、後ろのやつまだ生きてるぞ」

「えっ、きゃぁっ!?」

ドヤ顔で喋ってる彼女に瀕死《ひんし》のイモムシが齧《かじ》りつこうとしていたため、すかさず弓を捨ててドロップキックをかます。イモムシは『ピギャ～!?』と叫びながら今度こそ消滅したのだった。

「ここは敵も多いんだから、油断すると危ないぞ～?」

「あ、ありがとうございます……! うぐぐ、まだ生きてたとは……。敏捷値《びんしょうち》に大きく振った分、筋力値がちょっと控えめなのがわたしの弱点ですね……。

というかユーリさんはどうなってるんですか!? 筋力値ゼロでどうしてダメージが出るのかはマナー違反だから聞きませんが、なんで弓使いなのに弓を捨ててドロップキック!? しかも慣れた感じだし!」

「近くだったんだから弓で打つより蹴ったほうが早いだろ。俺、たまに不良と喧嘩《けんか》するから接近戦のほうが馴染《なじ》んでるしさ」

「えぇ……弓使いとは一体……」

ブツブツと呟《つぶや》くコリンを引き連れ、森の奥へと進んでいく。

すると、

「おっ、ダンジョンボスの住処《すみか》発見」

巨大な木の根元に、これまた巨大な扉が存在していた。

この奥にボスが住んでいるのだろう。トッププレイヤーになるために家宅侵入させてもらうぞ。

「あっ、すいませんユーリさん……！　差し出がましい話、わたしが先に挑んでもいいでしょうかっ!?　わたしも最速攻略を果たして、全プレイヤーに名前を読み上げられたいっていうか……！」

「ああ、あれはたしかに気持ちいいからな。わかった、頑張ってこいよ！」

「はいっ、ありがとうございます！　ではバトルが終わったらフレンドメッセージを送りますね！　お友達登録よろしいでしょうか？」

「おうっ、今日からお前もダチ公だな！」

「はいっ、ダチ公です！」

メニュー画面からフレンド登録を交わし合った後、ボスの部屋へと入っていく彼女を笑顔で見送る。

よーし、あいつが戦ってる間に手に入れたアイテムや仲間になったモンスターたちの確認でもするかな？

『殺人イモムシの繊細糸』やらレア度の高いアイテムがいくつも手に入ったのはいいんだが、『ジャンボワーム』が百匹くらい仲間になってんだよなぁ……。

十二体までしかモンスターは呼び出せないし正直いらない。どっか売り払えるところとかないんだろうか？　昆虫屋さんとか。

そんなことを考えていると、ポーンという音が響き、

『コリンさんよりメッセージが届きました。

〝ぎゃああああああああああああああああああああ負けたあああああああああああああああああああアイツチートじゃボケぇえええええええええッッッ！！！（゜；ω；゜）〟』

「ってうわぁッ!?!」

コリンからの大絶叫文章が目の前にババンと表示された！

ってはや!?　まだ三分も経《た》ってないぞ！　あのすばしっこいコリンを速攻で負かすなんて……この『食虫神の森』のボス、いったいどんなやつなんだ？

「この『食虫神の森』、βテスト時にはなかった新ダンジョンっていうから興味本位で来てみたけど……そんなに強いやつがボスなのか？」

イモムシたちが弱かったからてっきり適正レベル15くらいのダンジョンだと思ってたんだが。

まぁ、考えても仕方ないか。俺は弓を握り締め、扉の奥へと入っていった。

◆
◇
◆

扉の向こうは木々に囲まれた広場だった。蝶《ちょう》がパタパタと飛び回り、なんとも和やかな雰囲気の場所だ。

「闘技場みたいだった地下墳墓のボスエリアとは大違いだな。さて、ボスの野郎は一体どこに……」

俺がきょろきょろと周りを見渡した瞬間――ボガァアアアアアアアアアンッ！　という轟音と共に、目の前の地面が爆砕した！

「なっ!?」

もくもくと舞い散る土煙の中、植物の竜が地面の底より出現を果たす……！

『グガァアアアアアアアアアアアアアアーーーーーーーーッ！』

ボスモンスター：ギガンティック・ドラゴンプラントが現れました。
適正レベル：『35』

って、適正レベル35ってどういうことだよ！　俺まだ22なのに大丈夫かこれ!?

……つーか何なんだよコイツ。まるで朝顔みたいにニョキニョキってどんどん地面から身体《からだ》が出てきて……出てきて……出てきて……ってまだ出てくるッ!?

その巨大さは体長十メートルほどのドラゴンプラントの比ではなかった。

俺が呆然《ぼうぜん》と立ち尽くす中、ギガンティック・ドラゴンプラントは周囲の木々よりも長くて大きな身体を現していき……最終的には百メートル以上にまで達しやがった！

『グガガガァアアアアーーーーーーーーー！』

遥《はる》か頭上から咆哮《ほうこう》を上げながら、ヤツは俺の身体よりも太い触手を何本も放ってきた！

「いくぞポン太郎たち、『パワーバースト』！　『スピードバースト』！」

迫りくる触手たちに向かって漆黒の矢を連射する！　俺の支援を受けたポン太郎たちはレーザーのように放たれていき、次々と触手を貫き落としていった！

一本、二本と、その数を減らしていくが、

『グガァアアアアーーーーーーッ！』

全ての触手を落とすことは出来なかった！　仲間にしたばかりのポン六郎からポン十一郎はまだレベルが足りず、肉厚の触手に突き刺さるだけにとどまってしまったのだ！

咄嗟《とっさ》に回避しようとするが遅い。四本の触手が俺に巻き付き、全身を強く絞め上げていった！

「ぐあああああああッ!?」


スキル【根性】発動！　致命傷よりＨＰ１で生存！

スキル【根性】発動！　致命傷よりＨＰ１で生存！

スキル【根性】発動！　致命傷よりＨＰ１で生存！

スキル【根性】発動！　致命傷よりＨＰ１で生存！

スキル【根性】発動！　致命傷よりＨＰ１で生存！


頭の中に何度もスキルの発生メッセージが届く！　ってマズイマズイマズイマズイッ!?

いくら幸運値を上げても【根性】は確定で発動するスキルじゃない。99％まで発動率が上がろうが、１％の外れをどこかで引けばお終《しま》いだ！

絞め上げられた白い肌を鬱血《うっけつ》させながら俺は焦った。

『キシャシャァァアアアーーーーーーッ！』

その時だった。ポン太郎からポン十一郎たちが戻ってきて、俺を拘束している触手を攻撃し始めたのだ。

舎弟たちは腕を拘束していた触手をグルッと取り囲み、全員で円形に回転してノコギリのように触手を削っていった！　自律行動による攻撃のため俺のダメージアップ系スキルを受けられない状態だが、それでも力を合わせて十秒ほどで触手の切断に成功した！

よし、これならいける！　俺は自由になった腕でポン太郎を握り、短剣を振るうように縛り付けている触手を斬り裂いていった。無数のダメージアップ系スキルによって脱出に成功する。

『グガァアアアーーーー！』

そんな俺に対して再び何本も触手を放ってくるギガンティック・ドラゴンプラント。

だが何度も食らうか。俺は一度ブーツを触り、そこに宿っている『リビング・アーマーナイト』へと命令を飛ばす！

「マーくん、スキル【瞬動】だ！」

『ッ――！』

次の瞬間、俺の身体は風となって駆けていた。一瞬にして触手の群れを回避し、大きく距離を取って弓を連射する！

これがアーマーナイトのスキル【瞬動】だ。五秒間の間、移動速度を十倍に出来るらしい。

レベルダウンしてしまったせいかリビング・ウェポンたちを召喚しまくる『邪剣招来』のアーツは使えないが、これだけでも十分ありがたい。

「さぁ、今がチャンスだ！　『ハイパーパワーバースト』、『ハイパースピードバースト』！」

射出したポン太郎たちに特大の支援をかける！　それによって猛加速した舎弟たちは百メートル頭上にあるドラゴンプラントの顔面に突き刺さり、クリティカルダメージを叩《たた》き出した！

スキル【ジャイアントキリング】発動！　ダメージ一割アップッ！
スキル【致命の一撃】発動！　ダメージ二倍ッ！
スキル【アブソリュートゼロ】発動！　ダメージ二倍ッ！
クリティカルヒット！　弱点箇所への攻撃により、ダメージ三倍ッ！
スキル【非情なる死神】発動！　クリティカルダメージさらに三割アップ！

ダメージアップ系スキル群と合わせて合計12倍以上のダメージが発生する。それによってギガンティック・ドラゴンプラントは苦しみの声を張り上げた。

「さぁ、どんどんいくぜ！　アーツ発動『サモンリターン』！」

このままいけば押し切れる。そう思いながら俺がポン太郎たちを速攻で呼び戻し、再び弓につがえた時だった。

不意にドラゴンプラントの背後からデカい触手がニョキニョキと伸びると、その先端にパァッと花を咲かせたのだ。

まるでお日様のように大きな花だ。一体なんのつもりだと俺が思った瞬間、

『グゥウウウウウウウウウウウウガァアアアアアアーーーーーーーーーッ！』

花の花弁から光が溢《あふ》れ、特大のレーザーを放ってきたのである！

「ってなんだそりゃーーーーーー!?」

スキル【瞬動】の発動を命じる時間もなかった！　触手攻撃の何十倍もの速さでレーザーは俺へと直撃！　一瞬にして視界は真っ白に染め上げられた！

「うわあああーーーーーーーっ!?」


スキル【根性】発動！　致命傷よりＨＰ１で生存！

……あまりの衝撃に吹き飛ばされながらも、俺は少しだけ安堵《あんど》する。

発狂していたコリンのように他のプレイヤーにとっては堪《たま》ったものじゃないだろうが、俺はスキル【根性】頼りのプレイスタイルだ。盛大に一度焼き払われるより、触手による継続ダメージのほうが脅威だった。

ただでさえ脇や肩が丸出しのアイドル衣装を焼き焦がされながらも、俺はすぐに起き上がって体勢を立て直そうとする。

だが、ここで異変に気付いた！


ダメージエリア『灼熱地帯《しゃくねつ》』に踏み込んでいます！　最大ＨＰより毎秒１％のダメージ発生！

スキル【根性】発動！　致命傷よりＨＰ１で生存！

スキル【根性】発動！　致命傷よりＨＰ１で生存！

スキル【根性】発動！　致命傷よりＨＰ１で生存！

スキル【根性】発動！　致命傷よりＨＰ１で生存！

スキル【根性】発動！　致命傷よりＨＰ１で生存！

スキル【根性】発動！　致命傷よりＨＰ１で生存！

「な、なにぃ!?」

咄嗟に足元を見れば、ヤツの放った灼熱光線によって地面はドロドロに溶けていた。

ってあいつの攻撃、当たったところをダメージエリアに変える効果もあるのかよ!? 広さの限定されているボスエリアの中で乱発されたら堪ったもんじゃないぞ!

コリンの言っていた通り本当にチートみたいな化物だ。俺は転がるように灼熱地帯から脱出し、弓をつがえてヤツを睨《にら》み上げる。

だがそこには、悪夢のような光景が広がっていた。

『グゥゥゥウゥウガァァァァアア……!』

唸《うな》り声《ごえ》をあげる巨大竜樹の背後より、七枚の花が咲き誇っていたのである……!

それらは一斉に光を放ち、俺の立っている場所に目掛けて特大のレーザーを射出した!

「なっ――!?」

その光景を前に俺は思った。これは完全に詰みだと。

レーザーの攻撃には耐えられるかもしれないが、その後のダメージエリア変換効果でお終いだ。七つもの特大レーザーが炸裂《さくれつ》したらどれだけ広範囲が灼熱地帯になるかわかったもんじゃない。

そうしていよいよ光に呑《の》まれそうになった、その時。

『ッッッッ――――！』

スキル【瞬動】発動！　移動速度激増！

命じてもいないのに勝手にスキルが発動する！　さらに俺の足はひとりでに駆け出していた！

それによって俺は間一髪のところでレーザーを掻《か》い潜《くぐ》り、ギガンティック・ドラゴンプラントの足元へと迫っていた。

「これは……まさかマーくん、ブーツを通して俺の足を無理やり操ってるのか!?　スキルの発動も勝手に出来るのかよ！」

『ッ――』

〝フン、その通りだ〟とでも言っているようなキザな呻《うめ》きが返ってきた。

ってマジかよそれ。いちいちスキルの使用を命令しないで済むなら、発動速度は格段に速くなる。

だが勝手な判断で身体《からだ》まで動かされたらプレイヤーは大変だ。もしもモンスターと不仲になったらどうなるか……サモナーの憑依《ひょうい》システム、色んな意味でやばすぎるな。

行動を乗っ取られることもあると世に知れ渡ったら、ただでさえ少ないらしいサモナー選択者はさらに激減してしまうかもしれない。

ああ――だけど、

「マーくん、俺はお前を信じてるぜ。なんたって拳でどつき合ったダチ公なんだからな！」

『ッ……！』

殴って殴られて仲間になった！　それだけで身体を任せるには十分な理由だ！　俺は足から力を抜き、下半身の動きを全てこいつに委ねる。

そうして弓をそこらへんに投げ捨て、ポン太郎からポン十一郎を両手に握れるだけ握り締めた！

「これで正解なんだろう、マーくん！　接近戦を挑めばヤツもレーザー攻撃を放てない。だからお前は近づいて行ってるんだな!?」

『ッ……ッッッ――！』

〝フッ……応とも！　さぁ、いくぞ宿敵《とも》よ。貴様を倒すのはこの私だ。運命を決するその日までは貴様に力を貸してやろう！〟って感じの呻き声を出すマーくんと共に、俺はギガンティック・ドラゴンプラントに飛び掛かった！

「頼んだぜマーくん！　アーツ発動、『ハイパースピードバースト』ッ！」

スキル【瞬動】の加速下にあるマーくんにさらに速度上昇のアーツを発動した瞬間、俺の身体は音速を超えた！

重力さえもぶっちぎり、塔のようにそびえるドラゴンプラントの身体を駆け上がっていく！

「うおおおおおおおおおおおおおおおおおおおおおおおっ！」

『グガァァアアアーーーーーーッ!?』

驚愕《きょうがく》の声を上げるドラゴンプラント。ヤツは俺を弾《はじ》き飛ばすために無数の触手を放ってきたが、ダチ公と力を合わせた俺は止められない！

手にした十一本の矢を振るって触手を次々斬り飛ばしていき、前へ前へと進み続ける！

壁走りなんて無茶苦茶な動きが出来るのは、マーくんのおかげだけじゃない。

手にしたポン太郎たちのスキル【飛行】によるものだろう。プレイヤーを浮かせるほどの力はないようだが、それでも重力に逆らい続けるのに一役買ってくれている。本当に舎弟たちには感謝するばかりだ。

「ありがとうなお前たち。さぁ、いくぞーッ！」

俺の叫びに応え、マーくんが前へと大きく跳ねた！　その瞬間、ついに俺は百メートルの高さを乗り越え、ギガンティック・ドラゴンプラントの頭上にまで飛び上がった！

『グッ、ガガガガァーーーッ!?』

ドラゴンプラントの口から悲鳴じみた叫びが響いた。それも当然だろう。体長百メートルを超えるコイツにとって、『敵を見上げる』という事態は初めてだろうからな。

俺はそんなヤツの顔を見てニッと笑うと、十一本の矢を振りかざした！

「これでも一発、くらっとけーーーーーーッ！」

両手に握った漆黒の矢を全て顔面に叩きこむ！

スキル【真っ向勝負】発動！　接近戦ダメージ一割アップ！
スキル【ジャイアントキリング】発動！　ダメージ一割アップッ！
スキル【致命の一撃】発動！　ダメージ二倍ッ！
スキル【アブソリュートゼロ】発動！　ダメージ二倍ッ！
クリティカルヒット！　弱点箇所への攻撃により、ダメージ三倍ッ！
スキル【非情なる死神】発動！　クリティカルダメージさらに三割アップ！

合計『18倍』のダメージ。それが十一発分発生した！

『グガギャ――――――――――――――――ッ!?』

絶叫を上げるドラゴンプラント。一撃にして『198倍』のダメージを受けた巨大竜樹は、轟音《ごうおん》を立ててその場に倒れ込んだのだった。

第八話　ボスモンスター、ゲットだぜ！

ズガァァァァァアアアアンッ！　という音を立てて地面に倒れ込むギガンティック・ドラゴンプラント。

苦しげな声を上げるヤツだったが、まだ戦闘は終了していなかった。ヤツは倒れたまま無数の触手を生やし、落下中の俺に放ってきたのだ！　避けることも出来ない俺に極太の触手が迫る。

だが、

「こい、弓ィ！」

俺の声に応え、『初心者の弓』がブーメランのように回転しながら俺の手の中に飛び込んできた。

スキル【ちゃんと使ってッ！】の効果だ。これのおかげで安心して投げ捨てられるぜ。

俺は素早く矢をつがえ、ポン太郎たちを射出していく！

『キシャシャーーーーッ！』

『グガァアアアッ!?』

レーザーのごとく放たれた漆黒の矢が触手の群れの中心部を突き破り、ドラゴンプラントの顔面に突き刺さっていく。

巨大竜樹の口から絶叫が迸《ほとばし》り、触手の動きが全て乱れた！

さぁ、次でトドメだ。用済みになった弓を空中で捨てることでスキル【異常者】を発動！　弓を捨ててから三秒間、敵に与える近接ダメージを倍にする！

「うおおおおおおおおおおおおッ！」

漲《みなぎ》る力を感じながら、俺は拳を固めて落ちていった。落下先はギガンティック・ドラゴンプラントの顔面だ！

『グガガァアアアアアッ!?』

「食らいやがれーーーーーーーーッ！」

そして、衝撃音が響き渡った！

もはや俺の筋力値なんて関係ない。百メートル上空からの落下エネルギーを秘めた拳は、ヤツの顔面を盛大に粉砕！

スキル【根性】によってダメージを無効化した俺に対し、ギガンティック・ドラゴンプラントは大絶叫を上げ――、

おめでとうございます！　ダンジョンボス：ギガンティック・ドラゴンプラントのソロ

討伐に成功しましたッ！

ユーリとポン太郎たちは大量の経験値を手に入れた！　ポン太郎のレベルは27、ユーリのレベルは25になりました！

ポン太郎のレベルが25を突破しました。種族進化可能です！

ユーリのレベルが25に到達しました。ジョブ進化可能です！


「よっしゃあああああああーーーーー！」

俺はドラゴンプラントの死体の上で勝利の咆哮《ほうこう》を張り上げた！　盛大なクラッカー音が周囲に響き、さらにポン太郎たちがバイブレーションして俺のことを讃《たた》えてくれる！

ていうかやっぱりポン太郎進化するのか！　あと俺も進化するの!?　ジョブ進化ってなんだよ!?

喜んだり驚愕したりと忙しい俺にメッセージさんが報告を続ける。

条件：『自分よりもレベルが10以上高いボスモンスターを拳で仕留める』達成！
スキル【神殺しの拳】を習得しました！

【神殺しの拳】：拳撃時に自動発動。一秒間、手首から先を『無敵状態』にする。一秒間のみ、あらゆるダメージ・衝撃・効果を無効化する。

条件：『スキル【根性】を百回以上発動させる』達成！
スキル【根性】はスキル【執念】に進化しました！

スキル【執念】：死亡する攻撃を受けた時、低確率でＨＰ１で耐える。次に敵に与えるダメージを二倍にする。

条件：『自分よりもレベルが10以上高いボスモンスターをソロで倒す』達成！
スキル【ジャイアントキリング】はスキル【ジェノサイドキリング】に進化しました！
スキル【ジェノサイドキリング】：極低確率で敵に与えるダメージを二倍にする。敵のレベルが高い場合、三倍となる。

「おっ、おおおおおおお……！」
スキルが二つ進化しやがった！　なんだなんだ、進化祭りか!?

スキル【根性】はダメージアップ効果の付いたものになったし、【ジャイアントキリング】は全てのレベルのモンスターにも発動する凶悪なものになった！　倍率もダメージ一割アップから二倍やら三倍に大幅アップしてるしな。

それと新しく獲得した【神殺しの拳】ってスキルは面白いな。要するに剣と殴り合ってもダメージを受けなくなったってことか！

こりゃー殴り合いがしやすくなったぜ。これからはもっと弓を捨てていこうな！　ワハハ。

『ワールドニュースッ！　ユーリさんが単独で、ギガンティック・ドラゴンプラントを初討伐しました！　ハイレベルダンジョン：食虫神の森、最速攻略完了！』

おっ、ワールドニュースきたきたきたー！

おい聞いてるか、ガセ情報を流して俺を騙《だま》した悪質βテスターたち。そして幸運値極振りは戦えないと思っている者たちよ。

俺はこの通り活躍してるぞ！　二日後のバトルイベントでは暴れ回ってやるから覚悟しとけよコンチクショウッ！

「さ～て、一旦街に戻って進化ってやつでも試してみるかー」

そう言いながら俺がドラゴンプラントの死体を飛び降りた時だ。ふとここで違和感に気付いた。

「ってこいつ、なんで倒したのに消えてないんだ？」

ＨＰがゼロになったモンスターは数秒も経《た》たず消えるものだ。だがドラゴンプラントのやつは未《いま》だに地面に横たわっていた。

一体どういうことなのかと思い、ツンツンと顔のあたりをつついてみると、

『グッ、ググガウ〜……』

「わぁっ!?　まだ生きてた!?」

バッと飛び退《の》いて弓を構える。だが巨大竜樹のほうは呻《うめ》き声《ごえ》を出すばかりで、ピクリとも動かない。

そんな異常現象に戸惑っていた時だ。ここでピコンッとメッセージさんが文字を表示した。

・サモナー限定：隠しクエスト発生！　ギガンティック・ドラゴンプラントに食べ物をあげよう！
※満足度・満腹量によって報酬が変わります。
「不味《まず》くて少ない」↓激おこ。アーツ『ジェノサイド・セブンス・レーザー』をプレイヤーに射出。

「美味《うま》いけど少ない」or「不味いけど量は多い」↓まぁ許してやる。高レアアイテムをランダムで提供。

「超絶美味くて量もいっぱい！」↓大満足！『？？？』ゲット！


はぁっ!? なんだそりゃ!?

「ふざけんなバカヤロー！ なんで俺がそいつのメシの世話なんてしてやらなくちゃいけないんだよ！ 俺そいつに焼き殺されたんですけど!?」

メシくらい自分で何とかしろとドラゴンプラントに怒鳴るが、『ウ～ウ～』と悲しい声を上げるだけでピクリとも動かない。

お前、体長百メートルあるくせに赤ちゃんかよ。

あっ、触手を伸ばすな。俺の胸のあたりを触るな、搾ろうとするな。たぶんなんも出ないから触手引っ込めろ。

はぁ～～～仕方ないなぁ……街に戻って食料系アイテムでも買ってきてやるか。でもボスエリアから出たら、もう一回ボス戦をやり直すことになるかもしれない。それはぶっちゃけめんどくさい。

そうして俺が「いま食料アイテムあるかなー」とメニュー画面を開いた時だった。

ウ〜…
ウ〜…
ペシンッ

ふと、俺は思った。そういえばここのダンジョン名に『食虫神』ってあったなーと。

ま、まさかまさか？

「ポン太郎たちをしまって……よし現れろ、『ジャンボワーム』ども！」

『『『ピキャキャ～～～！』』』

元気に登場する緑色の巨大イモムシたち。森で暴れている内に百匹くらい仲間になった中の一部だ。

ははは、まさかとは思うがコイツらを食べさせたら大満足の条件達成ってわけじゃないよな？　幸運値の低い一般のサモナーはモンスターを捕獲するのが難しいからな。そんな色んな意味で鬼畜な条件なわけがない。

俺がそう思った時だった。ドラゴンプラントが『グガァッ!?』と喜びの声を上げ、触手を放ってイモムシたちを捕まえていったのである！

『グガガガガ～～～～ッ！』

『『『ギエピ～ッ!?』』』

……そして始まるお食事タイム。ドラゴンプラントは次々とイモムシたちを丸呑《まるの》みにしていき、みるみる内に元気になっていった。

って、マジでワームたちを捕まえてきて差し出すのが成功条件だったのかよ！

『グガーッ!?　グガガガ～ッ!?』

〝ねぇもっとない!?　もっとない!?〟って感じの声を上げるドラゴンプラント。俺は苦笑いしながら次々とイモムシたちを差し出してやると、ドラゴンプラントは本当に嬉《うれ》しそうに食べまくったのだった。百匹以上のジャンボワーム、完食完了である。

・隠しクエスト大成功！　巨大ボス『ギガンティック・ドラゴンプラント』が仲間になりました！
※巨大ボスモンスターは十分間に一度、十秒間だけ召喚可能です。
このとき召喚枠は消費しません。巨大ボスモンスターのレベルはプレイヤー自身と同等になります。


って、ふわぁあああああああああああッ!?　お前、仲間になるのかよッ!?

アーマーナイトは人型サイズだったからともかく、体長百メートルを超えるボスなんて絶対に仲間にならない設定だと思ってたのに！　マジか……こりゃバトルイベント前にものすごい戦力を手に入れちまったなッ！

「よろしくな、ギガ太郎！」

『グガガ～～～っ！』

ぶっとい触手を伸ばして赤ん坊のように甘えてくるギガ太郎だった。

ブレイドスキルオンライン
BLADE SKILL ONLINE

【攻略が】総合雑談スレ　２２０【止まらない！】

1. 駆け抜ける冒険者

ここは総合雑談スレです。

ルールを守って自由に書き込みましょう。パーティー募集、愚痴、アンチ、晒しなどは専用スレでお願いします。

次スレは自動で立ちます。

前スレ：http://＊＊＊＊＊＊＊＊＊＊＊

107. 駆け抜ける冒険者

『ワールドニュースッ！　ヤリーオさんとマジッコさんとクルッテルオさんのパーティーが、ジャンボマーマンを初討伐しました！　ダンジョン：砂浜の大洞窟、最速攻略完了！』

『ワールドニュースッ！　ザンソードさんとフーコさんとエイドさんとライテイさんのパーティーが、ウルフキングを初討伐しました！　ダンジョン：狼の巣穴、最速攻略完了！』

『ワールドニュースッ！　ラインハルト・フォン・エーデルフェルトさんが単独で、ガチンコゴリラを初討伐しました！　ダンジョン：筋肉の森、最速攻略完了！』

↑どんどん攻略ニュースが流れてくるな！

てかラインハルト・フォン・エーデルフェルト（長い）ってやつもソロ攻略達成かよ！

あとガチンコゴリラとか筋肉の森ってなにｗｗｗｗｗ

108. 駆け抜ける冒険者

>>107
そいつ絶対にユーリってやつに負けたくなくて無茶した感じだろｗｗｗ
この前スレに来た最速攻略達成パーティーのメンバーでユーリのダチってやつ、ラインハルト・フォン・エーデルフェルトってやつで確定じゃね？
こんな名前だからきっと貴族の騎士様みたいな見た目してるんだろうなぁ・・・

109. 駆け抜ける冒険者

>>108
ユーリのステータスやらは教えてくれなかったが、見た目はすげぇ美人だって言ってたよな。

きっとそれに釣り合う美男子なんだろうな！　間違っても筋肉ゴリゴリのスキンヘッド野郎ってことはないよな！

『ワールドニュースッ！　ユーリさんが単独で、ギガンティック・ドラゴンプラントを初討伐しました！　ハイレベルダンジョン：食虫神の森、最速攻略完了！』

↑ってなんかキタアアアアアアアアアアアアアアアアアアアアッ⁉

130. 駆け抜ける冒険者

>>109

はあああああああああああああああああああああああ！？！！？？

いやいやいやいやいやなんだそりゃーーーーーーーーーーー!?

151. 駆け抜ける冒険者

>>109

待て待て待て待てーーーーーーーーーー!?

173. 駆け抜ける冒険者

またユーリってやつかよ！　ていうかマジでありえないってーーーーー！

176. ＼最速攻略＆ソロ攻略達成者、ラインハルト見参！／

ガハハハハハ！　見てるかユーリーーーーーーーーーー！　オメェに追い付いてやったぜー！

>>109

ってふぁあああああああああああああああああ！？！？！？！？ (´;ω;`)

179. 駆け抜ける冒険者

>>176
ざまぁｗｗｗｗｗｗｗまた一瞬で追い抜かれてるよｗｗｗｗｗｗｗｗ

ってこれ笑い事じゃねーだろ！！！

180. 駆け抜ける冒険者

>>109
おーすごいなぁユーリってやつ！

でもハイレベルダンジョンってなんだ？　ベータテスト版やってないから知らないんだが

240. 駆け抜ける冒険者

>>180
攻略適正レベルが35以上のダンジョンだよ！
色々と手探りだったβテスト版じゃ、開始初日から半月以上経ってからようやく攻略者が出たって難易度だ
それに加えてソロ攻略者なんて、一か月あったβテスト期間の中でもマジでほんの一握りだぞ！

294. 駆け抜ける冒険者

>>240
それを三日目でやっちまうってやばすぎるだろーーーーー！
てかこれ流石にチートなんじゃねぇの⁉　誰か運営に調査

依頼送った？

310. 駆け抜ける冒険者

>>294
俺さっそく送ってみたわ！
でも「プレイヤー：ユーリのデータに改竄の形跡はありません」ってすぐに返事がきやがった
マジでジョブやら武器やらステータスの組み合わせで暴れ回ってるのかよコイツｗｗｗうわぁ知りてー！　そして真似してえ！ｗｗｗｗｗｗ

315. 駆け抜ける冒険者

>>109
ふえええええええええ・・・あんな鬼畜ボスに勝てるかボケって思ってたのに、ユーリさんのほうが鬼畜だったよう・・・！

てかマジでよく勝てましたね・・・
>>310
わ、わたし実は『食虫神の森』でユーリさんと少しご一緒したんですが、アレは真似しないほうがいいですよ・・・！

350. 駆け抜ける冒険者

>>315
おおおおおお！　ユーリの知り合いきたーーーー！

βテスト仲間に聞いても「ユーリなんてやつ知らねぇ」ってみんな言うから、運営の用意した最強ＮＰＣかと思ってたわｗｗｗプレイヤーたちの目標にさせて無理やりやる気にさせるって感じでさｗｗ
実際のとこ、見た目や性格だけでもざっくり教えてくれ！
最速攻略＆ソロ攻略達成者（笑）いわく美人で気のいいやつみたいだが、あいつガセ言ってない？　それで合ってる？

388. 駆け抜ける冒険者

>>350
ええ、たしかに見た目はすんごい綺麗ですね！　ヒラヒラなゴシックっぽいドレスと合わせて、アイドルかと思っちゃいましたもん！
性格はまぁぶっ飛んだところはありますが、危ないところを何度も助けてくれましたしカラッとしてわたしは好きです
ただ一つ言うなら・・・目が死んでるっていうか、するどいっていうか・・・
そう、例えるなら『闇墜ちしたヒロイン』みたいな感じですね。

400. 駆け抜ける冒険者

>>388
闇墜ちしたヒロイン！！！？ｗｗｗｗｗｗｗｗｗ

412. 駆け抜ける冒険者

>>388
闇墜ちしたヒロインってどういうことだｗｗｗｗｗｗｗ
あ～マジで気になりすぎるなぁユーリってやつ！
バトルイベントのときに見かけるのが楽しみだわ！ｗ

第九話　作って遊ぼう、禁断生物！

「さーて、今日はポン太郎の種族進化ってやつをするぞ～」

『キシャシャ～！』

　ゲーム開始から四日目。俺は服職人・フランソワーズのプライベートルームにお邪魔し、メニュー画面をいじっていた。

　ちなみに服装は初期装備のワンピースドレスだ。フランソワーズからもらったゴシックアイドルドレス（？）はギガンティック・ドラゴンプラントの熱光線のせいで耐久値がやばいことになってたからな。今は修復してもらってるところだ。

　……レベル10以上格上のボスとソロでバトルして一日で耐久値を削り切っちゃったって言ったら、フランソワーズ死んだ目をしてたなぁ。「な、なんでそんな相手に挑んでますの……しかも勝つとかおかしいでしょ……異常者プレイすぎる……！」って呟《つぶや》かれたのは空耳だったたと思いたい。俺は常識人だ。

「おっ、あったあった。このボタンを押せばいいのかなっと」

　ポン太郎のステータス画面にあった『進化』という項目を押す。すると新たに別の画面が表示されてきた。

・ポン太郎（リビング・ウェポン）を進化させます。進化先を選択してください。

1：『リビング・デッド』

闇のオーラを纏《まと》った骸骨。自身の生を願ったリビング・ウェポンが実体を得て生物に近づいた姿。

武器憑依《ひょうい》能力を失ったが、通常のゾンビなどより攻撃力が高い。

HP再生速度もかなり高く、死亡しづらい。

2：『シャドウ・ウェポン』

闇のオーラを増大させた霊魂。敵への死を願ったリビング・ウェポンが死神に近づいた姿。

武器憑依能力をそのままに、ステータスの低い分身を一時的に作り出す能力を会得した。

HPは武器の耐久値に依存し、損壊時に死亡する。

なるほどなるほど、二つの内から選んでいく方式か。

でもこれは迷う必要なさそうだなぁ。『リビング・デッド』の説明文には攻撃力や再生力が高いってあるけど、耐久値無限の『初心者の矢』に憑依して俺のダメージアップ系スキルを受けながら攻撃してたほうが絶対にいいし。

「試しに聞くけどポン太郎、お前どっちに進化したい？」

『キシャ〜！』

迷うことなく鏃《やじり》の先で『シャドウ・ウェポン』のほうをクリックするポン太郎。

するとその身体《からだ》が一瞬輝き、次の瞬間には燃えるような漆黒の光をより強大にさせた姿になっていた。

「よーしよし、やっぱりそっちだよなーポン太郎ッ！　霊魂に生まれたなら死神を目指せッ！　男だったら一つの道を貫いていかないとな！」

『キシャー！　キシャシャシャーッ！』

〝へっ、当然でさぁ姉貴！　今さらゾンビもどきになるつもりなんてねぇ。オレぁ姉貴とタイマンきってノされたあの日から、姉貴の武器としてテッペン目指していくつもりなんで夜露死苦《ヨロシク》ゥッ！〟って感じの鳴き声を出すポン太郎ダブルツインマークツーセカンド（進化記念に改名。ナイスセンス俺）。本当に可愛《かわい》い舎弟だぜ。

さてと、ポン太郎（以下省略）の次は俺のほうも進化してみますか！
ステータス画面を再び開き、『ジョブ進化』という項目を押してみる。すると、

・サモナーからジョブ進化します。進化先を選択してください。

1：ハイサモナー
サモナーの正統上位職。アーツ『サモンリターン』を使用せずとも、モンスターの空間跳躍帰還が可能になった。
また素材やモンスターの肉体アイテムを組み合わせることで、『禁断生物・キマイラ』の召喚が可能になった。
※複数体の呼び出し不可。キマイラは召喚枠を消費せず、一体のみ呼び出すことが出来る。
HPは極めて低く、召喚してから五分間で必ず死亡する。
またキマイラのレベルは召喚者と同じになる。

2：サモンテイマー
サモナーからの派生職。テイム能力に特化し、モンスターが仲間になる確率

が大幅に上がった。
モンスターを癒してＨＰを回復させるアーツが使用可能になった。

ってふぉおおおッ!?　ハイサモナーのキマイラの作成ってなんだよ!?　それ、めちゃくちゃワクワクするじゃねーか！

「こんなの即座に決定だ！　ハイサモナーでポチーっと！」

するとファンファーレが響き、『ジョブ進化おめでとうございます！　アナタはハイサモナーになりました！』とメッセージさんがお祝いしてくれた。

ポン太郎のほうと違って見た目の変化はないみたいだな。ちょっと残念だ。

「よし、そんなことよりもさっそくキマイラってヤツを試しに作ってみるか！」

ステータス画面を開いて説明を見ると、キマイラってのは何体か作り置きしておけるらしい。でもフィールドに出すと問答無用で死のカウントダウンが始まるんだとか。

悲しい生き物だな。でも俺は全ての邪悪なプレイヤーを滅ぼす正義のヒーローを目指してるから、正義のために使い捨ての爆弾になってもらおう！

「ふむふむふむ、高レアリティの素材を使えばそれだけステータスの高い奴《やつ》が生まれるのか。幸運値極振りだからレア素材の獲得は楽勝だぜ。あと素材の種類によって、どのステータスが伸びるか決まると」

たとえば『石』と『ウサギの肉』を組み合わせれば、皮膚が岩石に覆われた防御値の高いウサギが生まれるって感じかな？　でもそうなるとせっかくの素早さが犠牲になりそうだから、組み合わせも考えないといけないな。あと可愛くないし。

「どうせ使い捨てなんだから『壁役』『状態異常攻撃役』『自爆特攻役』みたいな感じで、役割に特化したキマイラを用意しておくのがよさそうだな。

よし、そうと決めたら素材調達に行くか！　バトルイベント前にポン次郎からポン十一郎たちも出来るだけ進化させてやりたいし、そこらじゅうのボスを倒しに行きますか！」

明日まで時間がないから流石《さすが》にハイレベルダンジョン巡りなんてことは出来ないが、すでに攻略されているダンジョンならどうにか行けそうだ。ボス部屋の位置も攻略サイトに書かれてるみたいだしな。

そうと決まればさっそく行動だ！　フランソワーズから装備を受け取ったら、そこらじゅうで暴れ回ってやるぜ！

第十話　めざせ、ボスモンマスター！

さぁ、明日のバトルイベントに向けてボスモンスターどもを狩りまくるぞ！

身体の一部を『キマイラ』の素材にしたいし、リビング・アーマーナイトやギガンティック・ドラゴンプラント以外の奴らも仲間にしていったら面白そうだからな！

というわけで一番初めに乗り込んだのは『ゴブリン砦《とりで》』だ。攻略適正レベルは15だから25レベルの俺より10も低い。猿のようなモンスターのゴブリンどもをバッタバッタと薙《な》ぎ倒し、奥の部屋にいたゴブリンキングを殴り飛ばす！

「くたばれゴブリン野郎ーーーー！」

『ゴブブゥウッ!?』

俺の拳を受けて吹き飛んでいくゴブリンキング。ポン太郎たちを射《う》ちまくって散々穴だらけにした後なので、これで決着となった。


おめでとうございます！　ダンジョンボス：ゴブリンキングのソロ討伐に成功しましたッ！

ユーリとポン太郎ダブルツインマークツーセカンドたちは大量の経験値を手に入れた！

激レアアイテム『ゴブリンキングの霜降り肉』を入手しました！

調教成功！　ボスモンスター：『ゴブリン・元キング』が仲間になりました！

レベルが1になったボスモンスターを召喚出来ます！


よーし、ゴブリンキングの肉ゲットー！

生命力に優れたモンスターみたいだからな。鉄系のアイテムと調合して、防御に特化したキマイラの素材にする予定だ。　使い捨ての盾にしよう。

『ワールドニュースッ！　ユーリさんが単独で、ゴブリンキングを討伐しました！　ダンジョン：ゴブリン砦、初ソロ攻略完了！』

おっ、初めてのソロ攻略でもワールドメッセージが流れるのか！

こりゃいいな。明日のバトルイベントに向けてどんどん注目を集めよう。そして戦いの舞台で分からせてやるのだ、ゴミと馬鹿にされているサモナーと弓と幸運値極振りが最強だってな！

『ゴブ～ゴブブ～……！』

「おっ？」

人間の倍はある身体を丸め、俺に膝をつくゴブリンキング。敗北したためか、悲しいことにモンスター名が『ゴブリン・元キング』になっていた。

表示された説明文には『プライドを失い、ただのデカい猿と化した敗北者。さっそく芸でも仕込んであげよう』との文章が。可哀想《かわいそう》に。

そんな元キングの肩をパンパンと叩《たた》いて慰めてやる。

「よしゴブ太郎、お前は今日から俺の舎弟だ。そのうちレベルを上げて力を取り戻させてやるからな？　その時は一緒に暴れようぜ！」

『ゴブゥ！　ゴブブ～！』

俺の言葉にゴブリン・元キングは嬉《うれ》しそうな声を上げ、異空間に消えていくのだった。

よし次だ。時間もないからさくさくいくぜ！

――二番目に俺が向かったのは、『狼《おおかみ》の巣穴』というダンジョンだった。

攻略適正レベルは20。名前の通りオオカミ系のモンスターが大量に潜んでいる洞窟だ。奴らは素早さが高い上に、洞窟に無数に空いてる小穴から奇襲を仕掛けてくるため、まともに攻略するとなると苦労しそうなダンジョンである。

そのため、

「よーしマーくん、どんどんダッシュだ！　スキル【瞬動】を使いまくれ！」

『ッ～～～～～！』

ブーツに憑依《ひょうい》したボスモンスター、アーマーナイトの優れた敏捷《びんしょうち》値によってオオカミどもを振り切りまくった！

これまでの戦いでマーくんも20レベルを突破してたからな。俺と勝負したときよりも速くなってるくらいだ。

その恩恵を受けてボスの部屋まで一気に到達。ものすごく素早い『ウルフキング』をポン太郎たちのホーミング能力で追い詰めまくり、最後は無理やり俺を噛《か》み殺そうと血塗《ちまみ》れになって突撃してきたところを、ブン殴って勝利した。


おめでとうございます！ ダンジョンボス：ウルフキングのソロ討伐に成功しましたッ！

ユーリとポン太郎ダブルツインマークツーセカンドたちは大量の経験値を手に入れた！

激レアアイテム『ウルフキングの霜降り肉』を入手しました！

調教成功！ ボスモンスター：『ウルフ・元キング』が仲間になりました！

レベルが1になったボスモンスターを召喚出来ます！

よしよし、ウルフキングの肉もゲット！

素早さに優れたコイツの素材は、麻痺《まひ》毒系のアイテムと組み合わせる予定だ。ひたすら疾走しながら敵を動けなくさせていく害悪キマイラを作ってやるぜ！

『キャゥ〜ン……！』

ひっくり返って腹を見せるウルフキング。レベル1になった証明としてコイツもモンスター名が『ウルフ・元キング』になっていた。

表示された説明文には『力に屈してただのデカい犬と化した敗北者。王としての尊厳を完全に失っているため、首輪を付けてお散歩に連れて行ってあげよう』との文章が。このゲームの製作者は鬼畜かな？

「ウル太郎、お前も今日から俺の舎弟だ。いや、つーかペットだ。その……散歩いくか？」

『キャンキャンキャンッ！』

俺の言葉にウルフキングは嬉しそうに鳴いた。ってお前それでいいのかよ。

まぁいいや。俺は元気に野を駆けるペットに跨《また》がり、最後となるダンジョンに向かった。

◆

◇

◆

犬と猿を仲間にした俺が最後に向かったのは、『炎鳥の山脈』というダンジョンだった。

攻略適正レベルは25で、ダンジョンというか普通に山だ。ひたすらボスのいる山頂を目指して山登りしなくちゃダメで、絶えず上空から炎を纏《まと》った鳥モンスターたちが火の粉を吐いてくる面倒な場所である。近距離職は奴らを片付けるのに苦労するだろうな。

だが、鳥モンスターなんて弓使いである俺にとっては格好の獲物だった。天に向かって弓を構え、ポン太郎たちを射出する！

「いけ、ポン太郎からポン十一郎！」

『キシャシャシャシャ～！』

元気にすっ飛んでいく舎弟たち。憑依しているアイツらのスキル【飛行】のおかげで、どれだけ上空の敵に放とうが矢の勢いが減衰することはない。

我が物顔で空を飛んでいる鳥たちを驚かせながら、次々と仕留めていった。

・ポン十一郎のレベルが25になりました！　進化可能です！

「おっ、ついに十一郎も進化出来るようになったか！　これで全員『シャドウ・ウェポン』になれるな！」

『キシャ～！』

喜びの声を上げるポン十一郎。そんな末っ子を称《たた》えるように、ポン太郎からポン十郎が周囲に集まってバイブレーションし始めた。バトルイベント前に間に合ってよかったよかった。

頼れる舎弟たちを引き連れて山登りを続ける。すると、頂上手前に差し掛かったところで周囲が濃密な霧に覆われ始めた。

なるほど、扉じゃなくてここを突き抜けるとボスエリア突入ってわけか。

もちろん引き返すつもりなどない。俺は霧の向こうへと一気に駆け出した。

◆　◇　◆

『ピギャァアアアアアアアアッ！』

「うわぁ、カッコいいやつが出てきたなー……！」

ついに辿《たど》り着いた山頂。そこで俺を待っていたのは、全身真っ赤な巨大鳥だった。

名前は『バニシング・ファイヤーバード』。攻略サイト曰《いわ》く、常に飛んでいることから25レベルのボスの中でも最難関とされる強敵らしい。

孔雀《くじゃく》のように尾羽を広げた姿は壮観だ。こりゃあぜひともゲットしたいぜ！

「いくぞ、ファイヤーバード！」

『ピィーーーー！』

俺が弓を構えるのと同時に、奴《やつ》が上空へと一気に羽ばたいた！　そうして空を陣取ると、尾羽から無数の炎弾を射出してきた。

その数たるや百以上。一発一発は小さいが、つねにHP1の俺にとってはかなり効く攻撃だ。

だが、

「進化したポン太郎たちには通じない。いけっ！」

『キシャーーーー！』

十一本の漆黒の矢を次々と天空に放った。その程度で何するものぞという顔のファイヤーバードだが、次の瞬間驚愕《きょうがく》に染まることになる。

漆黒の光を放ちながら全ての矢が十本に分裂し、合計『１１０』もの数に達したのだ。

それらはファイヤーバードの炎弾を一つ残らず貫き落とし、奴の身体《からだ》へと突き刺さっていった！

『ピギギィイイイイッ!?』

「はっ、見たかよ。これが『シャドウ・ウェポン』に進化したコイツらのスキル【闇分身】だ！」

苦しむ炎鳥を見上げながらニッと笑う。

スキル【闇分身】は文字通り、九体の分身を生み出す能力だ。それぞれのステータスは本体の半分くらいな上に十秒くらいしか効果が続かないスキルなのだが、矢として使うならそれだけ持てば十分だ。

突き刺さった全ての矢に俺のダメージアップ系スキルが適用され、ファイヤーバードは絶叫を張り上げた。

「戻ってこいお前たち」

さらにハイサモナーとしての職業特性が発動する。ＭＰを消費することなく十一本の矢が時空を超えて戻ってきたのだ。

これで手数を気にする必要はなくなったな。サモナーのころは十一本しかない矢をいちいち『サモンリターン』で呼び戻してたが、今はデフォルトで戻ってくる上に一本が十本に分裂する。実質手数は無限だ。

『ピッ、ピィィイ……！』

「悪いなファイヤーバード。このまま終わりまで持っていくぞ」

弓使いとしてデカいだけの鳥に負けるわけにはいかない。手にした弓に誇りを感じながら、戦慄の声を上げるファイヤーバードに向かってひたすら矢を射《う》ちまくった。

スキル【ジェノサイドキリング】発動！　ダメージ二倍ッ！
スキル【致命の一撃】発動！　ダメージ二倍ッ！
スキル【アブソリュートゼロ】発動！　ダメージ二倍ッ！
クリティカルヒット！　弱点箇所への攻撃により、ダメージ三倍ッ！
スキル【非情なる死神】発動！　クリティカルダメージさらに三割アップ！

そうして発動するダメージアップ系スキルの数々。それぞれの矢が二十四倍以上の威力となってファイヤーバードを襲っていく。

瞬く間にヤツは飛べるだけの体力もなくなり、地上に向かって堕《お》ちてきた。

『ピィィ……ピギャーーーーーーッ！』

ここでファイヤーバードが意地を見せた。死力を尽くして翼を羽ばたかせ、落下方向を俺のほうに変えてきたのだ。

ナイスな特攻精神だ。こりゃあ男として受けて立たないとな！

俺は弓をそのへんに捨て、拳を握ってヤツを向かい入れる。

『ピギャアアアアアッ！』

「いいぜ、こいよファイヤーバード！　勝負だーーーッ！」

嘴《くちばし》を尖《とが》らせた巨大鳥に向かって、俺は拳を突き出した！


スキル【異常者】発動！　弓を捨ててからの三秒間、近接ダメージ三倍！

スキル【真っ向勝負】発動！　接近戦ダメージ一割アップ！

スキル【神殺しの拳】発動！　拳撃時、手首から先を『無敵』化！　あらゆるダメージ・衝撃・効果を無効化する！

その瞬間、轟音《ごうおん》と共に衝撃波が山頂に吹き荒れた。

発生した風が俺の髪を揺らす中、拳の先で巨大鳥が力を失っていく。

『ピギャ……ァ……！』

嘴を粉砕され、ズシィイインッと地に横たわるファイヤーバード。これで勝負は決した。


おめでとうございます！　ダンジョンボス：バニシング・ファイヤーバードのソロ討伐に成功しましたッ！

ユーリとポン太郎ダブルツインマークツーセカンドたちは大量の経験値を手に入れた！

激レアアイテム『ファイヤーバードの手羽先』を入手しました！

調教成功！　ボスモンスター：『バニシング・ファイヤーチュンチュン』が仲間になりました！

レベルが1になったボスモンスターを召喚出来ます！


「俺の勝ちだな、ファイヤーバード」

さらにこいつの肉もゲットだ。

上空からの範囲攻撃が出来るモンスターみたいだからな。爆弾系アイテムと調合して、空襲の出来るキマイラを作り上げる予定だ。最後は敵に特攻させよう。

『ピィピィ……！』

「むっ？」

媚《こ》びるような声を出すファイヤーバード。こいつもレベル1になったことで、悲しいことにモンスター名が『バニシング・ファイヤーチュンチュン』になっていた。なんだチュンチュンって。

表示された説明文には『地に落とされ、ただのデカい鳥と化した敗北者。食べると美味《おい》しい』との文章が。お前美味しいのかよ。

こいつのステータスを見てみるとリビング・ウェポンと同じく【飛行】を持っているのだが、やはり飛べる高さや時間には制限が書いてあった。上に乗ってどんな場所にもスイスイ移動ってわけにはいかなそうだな。

「よし……今日からお前は俺のペット二号だ。よろしくな、チュン太郎」

『ピヨー！』

ふかふかの毛を撫《な》でてやるとチュン太郎は嬉《うれ》しそうに翼を広げた。

よし、これで必要な素材は揃《そろ》ったな。さっそくキマイラを作り上げて明日のイベントに備えよう。

どんな内容かはいまだ不明だが、目指すは優勝あるのみだぜ！

ブレイドスキル
オンライン
BLADE SKILL ONLINE

【バトルイベントに】総合雑談スレ　２３１【備えろ！】

1. 駆け抜ける冒険者

ここは総合雑談スレです。

ルールを守って自由に書き込みましょう。パーティー募集、愚痴、アンチ、晒しなどは専用スレでお願いします。

次スレは自動で立ちます。

前スレ：http://＊＊＊＊＊＊＊＊＊＊

107. 駆け抜ける冒険者

ダメだ〜、アーマーナイトソロじゃ全然勝てん！
リビング・ウェポンを生み出しまくってくるし本体は速くて剣技凄いしマジきついわ
ユーリ二日目でどう倒したんだよ・・・

108. 駆け抜ける冒険者

>>107
こっちはハイレベルダンジョンの『食虫神の森』に挑んだがやばすぎるぞ。

まずモンスターたちはザコいんだ。数が多くて手間取るが、まぁ気合でなんとかなるレベル。なんだ楽勝じゃんって拍子抜けしちゃったわただ・・・ボスモンスターのギガンティック・ドラゴンプラントが強すぎるって・・・！

いきなり百メートルの巨体が出てきた時点で腰が抜けて、あとは大量の触手に縛られて、殺人光線でジュワーだ。

防具全部損壊したしマジやってらんねぇ・・・

109. 駆け抜ける冒険者

>>108
俺もソロで挑んだけどまったく同じ結末だわｗｗｗ
ありゃあ完全にレイドボスだろ・・・モブモンスターとの強さが違い過ぎる。
思うに『食虫神の森』って食虫植物にたとえて、「ザコいモブモンスターでプレイヤーをほいほいボス部屋に向かわせて、強すぎるボスで粉砕する」って意味じゃねーかな？
このゲーム、たまにモンスターやアイテムの説明に悪意があったり、絶対制作者鬼畜だぞ・・・

130. 駆け抜ける冒険者

>>109
サモナーのモンスターが死ぬと消滅する設定も鬼畜すぎるよなぁ

151. 駆け抜ける冒険者

>>109

俺はパーティーでドラプラに挑んだけど見事に全滅させられたわ
あれにソロで勝つユーリってやつやばすぎるって。明日のバトルイベントじゃ要注意だな

173. 駆け抜ける冒険者

>>151
トーナメント戦じゃ時間がかかりすぎるし、バトルロイヤルルールになるのが妥当だって言われてるな
まぁどんな奴かは知らないが、ベータ勢で追い詰めたら余裕余裕！　ユーリって名前の美人プレイヤーを見つけたらみんなで始末するぞ！
大会前に活躍しすぎたのは悪手だったなｗｗｗｗ
『ワールドニュースッ！　ユーリさんが単独で、ゴブリンキングを討伐しました！　ダンジョン：ゴブリン砦、初ソロ攻略完了！』

↑っておうふｗｗｗ15レベルのダンジョンとはいえソロクリアかｗｗｗ
またまた注目を集めることをしちゃってｗｗｗ

240. 駆け抜ける冒険者

>>173
おうおう、全員で襲ってやろうぜｗｗｗ

『ワールドニュースッ！　ユーリさんが単独で、ウルフキングを討伐しました！　ダンジョン：狼の巣穴、初ソロ攻略完了！』
↑っておおおｗｗｗ今度は20レベル相当でくっそ素早いウルフキングを仕留めたかｗｗｗ
ユーリってやつ速いんだなｗまぁ集団で攻撃しまくれば終わりだろｗｗｗなぁそうだろ？ｗｗｗｗ

294. 駆け抜ける冒険者

>>240
そうそう、手数で押し切れば余裕余裕ｗｗｗｗ
『ワールドニュースッ！　ユーリさんが単独で、バニシング・ファイヤーバードを討伐しました！　ダンジョン：炎鳥の山脈、初ソロ攻略完了！』
……って、なんか25レベルダンジョンの中でも最難関で、百を超える炎弾をブチまいてくるボスまで倒されたんだが余裕……だよな⁉　なぁ⁉　みんなで力を合わせればユーリを倒せるよな⁉

310. 駆け抜ける冒険者

>>294
あっ（諦め）
すいません……自分やっぱり集団で一人のプレイヤーを襲

うのは反対っていうか……！

315. 駆け抜ける冒険者

>>294

ぼく襲うのやめてユーリちゃんのファンになります！

350. 駆け抜ける冒険者

>>294

テメェユーリの姉貴に手ぇ出すんなら容赦しねえぞ！

姉貴、やっちゃってくだせぇ！

388. 駆け抜ける冒険者

>>310　>>315　>>350

ってお前らプライドないのかよーーーーーーー⁉

もういいわ、オレだけでもユーリってやつに挑戦してやる！

400. 駆け抜ける冒険者

>>388

オレも協力するから安心しとけw

明日のバトルイベントじゃ目にもの見せてやろうぜ！　鬼狩りじゃー！

412. 駆け抜ける冒険者

>>400

おおおお！　絶対に退治してやるぜーーーー！

第十一話　開催、バトルロイヤル！

ゲーム開始から五日目。イベント開始となる朝十時の少し前にログインすると、始まりの街はプレイヤーたちでごった返していた。

誰もがステータス画面を開いたりして戦いに備えている。

「よし、俺も自分の状態をチェックしておこうかな」

ステータスオープンっと！

名前　：ユーリ
レベル　：30
ジョブ　：サモナー
使用武器　：弓
ステータス
筋力：0　防御：0　魔力：0　敏捷《びんしょう》：0
幸運390×3×2＋39＋90＝『2469』

スキル
【幸運強化】【執念】【致命の一撃】【真っ向勝負】【ジェノサイドキリング】【非情なる死神】【アブソリュートゼロ】【ちゃんと使ってッ！】【逆境の覇者：
HP1のため発動状態。全ステータス二倍】【神殺しの拳】【異常者】

装備
・頭装備『死神の髪飾り』（装備条件なし MP＋30 幸運＋30）
・体装備『死神のドレス』（装備条件なし MP＋30 幸運＋30）
・足装備『死神のブーツ』（装備条件なし MP＋30 幸運＋30 マーくん憑依《ひょうい》状態）
・武器　：『初心者の弓』
・装飾品：『呪いの指輪』（HPを1にする）『邪神契約のネックレス』（HP1の時、幸運値三倍）

「う～ん、相変わらずの幸運値極振りっぷりだぜ……！」

スキルと装備込みでついに２５００に到達しそうか！　他の30レベルのプレイヤーの一番特化させたステータスが４００そこらだっていうから、六倍はあるな。すごいぜ。

スクスクと伸びる幸運値に俺がニヤついていた時だ。同じくステータス画面を見ながら歩いていたらしいプレイヤーの身体《からだ》が後ろから当たり、思わずよろついてしまった。

しかし、ガッシリとした男らしい腕が俺の肩を支えてくれた。

「大丈夫かぁ、素敵な衣装のお嬢さん？　ここは混んでて危ない。オレと一緒に静かな場所にいかねぇか？」

うげぇ。支えてくれたお礼をしようとしたのに、頭上から下心丸見えのいやらしい声が。

まぁそれでも恩があることには変わりない。さっさと礼を言って離れようと相手の顔を見上げる。すると、

「「って、お前かよッ！」」

……そこにいたのはまたしてもスキンヘッドの野郎だった。これでコイツにナンパされるのは三回目だ。

俺たちは顔を見合わせ、はぁ～～～と揃《そろ》って溜《た》め息《いき》を吐《つ》いたのだった。

◆◇◆

「チクショウッ、運命を感じる相手に声をかけたらいつもオメェだ！　どうなってんだよ

ユーリ!?」

「そんなの俺が聞きてぇよスキンヘッド！」

噴水の縁に座ってガミガミと言い合う。思えばこいつとはプレイ初日からこんな感じだな。

まったく困ったヤツだなと思いながら、そこの露店で適当に買ったジュースをジュルルルっと啜《すす》った。

ってンンンッ!?

「けほっけほっ！ってなんだよこれ……レモンとグレープとキウイを混ぜ合わせたような味だぞ。俺、すっぱいものは苦手なんだから勘弁してくれよ……」

「ガハハッ！　このゲームはたまに変な味のもんが売ってるからなぁ。オレ様が代わりに飲んでやろうか？」

「ん、任せた」

酸っぱすぎるジュースをスキンヘッドに渡すと、ジュゾゾゾ〜っと一気に飲みきってしまった。よくも悪くも男らしい奴《やつ》だ。

そんなことをしていると周囲から声が。

「くそっ、なんでこんなムキムキ蛮族野郎があんな子と……！」

「爆《は》ぜろ、爆ぜろ……！」

「フィールドで見つけ次第プレイヤーキルしてやる……！」

おぅ、なんかスキンヘッドのやつが注目されてるなー。俺と話してるだけなのに殺気がビンビン飛んできやがる。

「なぁスキンヘッド、お前なんか悪いことしたか？」

「あん？　特になんもしてねぇが？」

「だよなぁ、お前良《い》いやつだし。あっ、そういえば何でもいいから装飾品アイテムってもってないか？　三つまで装備できるみたいだが、俺そういえば二つしか付けてなかったわ」

「そりゃもったいねぇな。じゃあユーリ、この『耐毒の指輪』をオメェにやるよ。そのへんのNPCが売ってるやつだから気にせずもらってけや」

「おうサンキュー」

毒状態になる確率が少し下がるという指輪をもらった。するとその瞬間、周囲のプレイヤーたちがさらにざわつく。

「こんな場所で、指輪をプレゼントだと……!?」

「うがぁぁあああ爆ぜろぉおおおお！」

「あの筋肉タコ野郎絶対にぶっ殺してやるッ！」

おおおおお、まるで飢えた獣に囲まれてるみたいだ！　みんなやる気いっぱいって感じだな！

「今日は頑張ろうな、スキンヘッド！」

「おうよダチ公。オメェには負けねぇからな！」

そうして俺たちがコツンと拳を合わせた時だった。

不意にパンパカパーンッという軽快な音が街中に響き、何色もの紙吹雪が空から舞い降りてきた。

おっと、どうやらイベントの始まりみたいだな。

『――戦士たちよ！　今日はよくぞ集まってくれたッ！』

遥《はる》かな空から声が響く。すると上空に、王冠を被《かぶ》ったデカい髭《ひげ》の爺《じい》さんの映像が映し出された。いかにも王様って感じだ。

何万人ものプレイヤーたちに見上げられる中、爺さんは言葉を続ける。

『ワシの名はオーディン。このグラズヘイム王国の支配者である。

さて、本日諸君らに集まってもらったのは他でもない。世界中にモンスターを出現させた闇の支配者・魔王との決戦に備えて、諸君らの力を見せてもらいたいのじゃ。

ゆえにこれより――全プレイヤー参加型の、バトルロイヤルイベントを開催するッ！』

その瞬間、ワァーーーーーーーーーーッという声が始まりの街に響き渡った！

かくいう俺もワクワクだ。このゲームには今五万人以上のプレイヤーが存在していると
いうから、そいつら全員と戦ったら絶対に面白くなること間違いなしだぜ！

『フォッフォッフォ、説明を続けるぞ。戦士たちの中には用事がある者もいるからのぉ。そこで今から深夜零時にかけて、一時間の休憩を挟みながら五回に分けてバトルロイヤルを開かせてもらう。朝十時から昼十二時までを第一回。昼一時から昼三時までを第二回。昼四時から夕方六時までを第三回。夜七時から夜九時までを第四回で、最後に夜十時から深夜零時までを第五回という感じでな。どれに参加するとしても、最後のほうまで生き残った者たちには豪華な褒美を約束するぞいっ！』

爺さんがそう言うと、目の前に詳しいルールが書かれた画面が表示された。

なになに〜？

・これより五回に分けてバトルロイヤルを開催いたします！
舞台となるのは始まりの街にそっくりの特別フィールドです。ランダムに転移されますのでご了承ください。

参加者様には運営より『イベント用回復ポーション』を20本配らせていただきます。使用すればHPかMPのどちらかをマックスまで回復できる優れモノですが、それ以外の回復アイテムは使用禁止にさせていただきます。

また、全てに参加するのも自由ですが、結果だけ楽しむのも構いません。始まりの街上空に実況映像を表示するほか、ゲーム内通貨を賭けてどのプレイヤーがどれくらいまで生き残れるかギャンブルを楽しむミニゲームも開きますので、皆さまぜひとも楽しんでいってください。


そして、成績上位者のプレイヤーにはもちろん報酬ありです！

参加人数の中から残り一割になるまで生き残った者にはレアアイテムを。

残り百人になるまで生き残った者には激レアアイテムを。

残り十人になるまで生き残った者にはさらに激レアなアイテムを。

そして全ての参加者を倒し尽くした最後の一人には、オーディン様より特別な報酬が贈られます。

またプレイヤーを倒した数によって別の報酬も贈られますので、ぜひぜひ派手に暴れ回ってください！
※バトルロイヤルの映像は宣伝として動画サイトでも流す予定ですので、芋みたいに引きこもって最後まで生き残るとかマジでやめてください（運営より）

「……なるほどなるほど。要するに暴れまくればいいってことか」

最後のほうに運営からの生々しい訴えがあったのは無視するとして、ルールは把握した。

もちろん男だったら第五回まで全部参加して、全部で優勝してやるだけだ！

横にいるダチを肩でつっつく。

「スキンヘッド、聞くまでもないが第一回目には出るよな？」

「あたぼうよぉ。オメェが出るもんには全部出てやらぁ！」

「よし、じゃあ全参加で決まりだな。今日は一日中やり合おうぜ！」

スキンヘッドのやつもやる気たっぷりで何よりだ。俺たちはにやりと笑いながら、『バトルロイヤルイベント・第一回目に参加しますか？』と表示された画面のイエスというボタンを速攻で叩《たた》いた。

その瞬間、俺たちの身体は蒼《あお》い光に包まれ始める。

周囲にいた多くの者たちも参加を決めていく中、オーディンが最後に大声で叫んだ。

『ではこれより、ルール無用のバトルロイヤルを開始する！　戦士たちよ、力の限り戦い尽くせーーーッ！』

爺さんの言葉を耳にしながら、俺の視界は光に呑《の》み込まれていった。

◆
◇
◆

——目を開けると、俺は『始まりの街』の路地裏に転移していた。

いや、正確にはよく似てるだけの特殊フィールドなのか。物を売ってるＮＰＣなどの声が聞こえないし、上を見れば空も赤く染まってるしな。

俺が情報把握に努めていた時だ。不意に大空から声が響き渡った。

『さぁ、いよいよ始まりましたバトルイベントッ！　実況はこのわたくし、プレイヤーナビゲート妖精のナビィが務めさせていただきまーす！　プレイヤーのみなさーん、キャラエディットぶりでーす！』

「あぁ、ナビィ。なつかしいなぁ～」

ゲームを始めるときにお世話になったちっちゃい妖精さんの姿を思い出す。

そうか、あいつ実況の仕事なんてもらったのか。このゲームのマスコット枠でも目指してるのかな？

『さぁて、現在フィールドに立っている参加者さんたちのためにもちょこっと補足説明しておきますねー！

視界の端っこに「30036」という数字が見えませんか？　それが今のプレイヤー生存数でーす！

そして、時間が経《た》つごとにフィールドの周囲に張り巡らせた結界が小さくなっていきます。結界の外には出ることが出来ないので、つまり参加者さんたちは街の中心部を目指して移動しながら戦っていくことになりますね。

現在位置はマップから確認できますので、「気付いたら背中に結界が迫っていて逃げ場がない～」ということにはならないように気を付けてください！』

ナビィに言われて手早く確認すると、俺の現在位置は街の真ん中にある噴水広場の隅っこだった。

って、ほぼ中心地点かよ！　四方八方からプレイヤーたちが押し寄せてくるところじゃねーか！

『補足説明は以上でーす！　ではバトルロイヤル参加者のみなさま、回復ポーションの残数に気を付けつつ頑張ってくださーい！』

そう言って、『さぁ観客の皆さん、誰が生き残るか賭けた賭けた～！　現在の一番人気はザンソードさんで……』と賭博煽《あお》りを始めるナビィ。元気なようで何よりだ。

「さて、俺も動き出すか」

路地裏で芋みたいに引きこもってちゃつまらない。俺は広場に出るべく歩き出した。

するとさっそく、路地の入口に魔法使いっぽいフードを被ったプレイヤーが現れた。奴《やつ》は下卑た笑みを俺へと向ける。

「ってうぉおおっとッ！　路地に隠れようと思ってたら、死にかけのプレイヤー発見！　どっかから逃げてきたのか知らねーが、こりゃぁ幸先《さいさき》がいいぜ！」

「死にかけ？　お前、俺のＨＰが見えるのか？」

「あぁ、【生命力感知】ってレアスキルでざっくりとな。見たところ、ＨＰバーが一ドットしか残ってねぇ。回復される前にぶっ殺すッ！」

そう言って魔法使いは杖《つえ》を出現させ、俺に向かって炎弾を放ってきた。

不運にもここは路地裏だ。左右に避けることも出来やしない。

「ヒャッハァッ！　死にやがれー！」

勝利を確信した笑みを浮かべる魔法使い。ああ、だがしかし。

「おらよっと」

俺は、迫りくる炎弾を裏拳で弾《はじ》いて掻《か》き消した。スキル【神殺しの拳】の効果によって拳を無敵状態にしたのだ。

そうとは知らない魔法使いはギョっと表情を一瞬で変える。

「なっ、ななな なっ、なんだそりゃーーーー!?」

「教える義理はねぇな。いくぞ、マーくん！」

『ッ――！』

ここで使い魔のスキル【瞬動】を発動。戸惑う魔法使いの前へと音速移動を果たし、勢いのままにアッパーを叩きこんだ！

「ぐごげぇえええぇッ!?」

悲鳴を上げながら舞い上がる魔法使い。俺は弓を出現させ、宙に浮いた相手に向かって漆黒の矢を射出した。

奴の心臓を貫いた瞬間、極振りされた幸運値により数多《あまた》のダメージアップ系スキルが発動する。

スキル【ジェノサイドキリング】発動！　ダメージ二倍ッ！
スキル【致命の一撃】発動！　ダメージ二倍ッ！
スキル【アブソリュートゼロ】発動！　ダメージ二倍ッ！
クリティカルヒット！　弱点箇所への攻撃により、ダメージ三倍ッ！
スキル【非情なる死神】発動！　クリティカルダメージさらに三割アップ！
プレイヤー：マジオさんを倒しました！　経験値を手に入れた！
ユーリさんにイベントポイント＋1！

「よーし、まずは一人目」

幸先のいいスタートに俺は笑みを浮かべた。

今手に入れたイベントポイントっていうのはあれか。貯《た》めれば貯めるほどイベント後にレアな景品と交換できるやつかな。

「それじゃあガンガン倒してガンガン貯めていかなきゃなっと」

そう言いながら広場へと出る。すると、すでに噴水の周りでは何人かのプレイヤーたちが睨《にら》み合っている状況だった。

ってあれ、なんかコリンのやつがいるじゃねーか！　俺は久々に会ったロリ忍者に手を振る。

「よぉーコリン、元気かー？」

「ってわひゃぁッ!?　ぁ、あわわわわわ……ッ!?　こ、こんな序盤でアナタに会うなんて、そんな……！」

なぜかガクガクと震えだすコリン。なんだ、お腹《なか》でも痛くなっちゃったのか？

心配になって彼女に近づこうとした時だ、他のプレイヤーたちが俺の前に立ちふさがった。

彼らはちらりとこちらに視線を向けるや、俺の『初心者の弓』を見て油断しきった表情をする。

「へへっ、見ろよ。初期装備の初心者さんがご登場だぜ」

「ああ、しかも当てづらいし手数もない弓と来た」

「殺し合うのは後回しだ。あのお嬢ちゃんを誰がポイントに変えられるか勝負しようぜぇ！」

武器を振り上げながら向かってくる複数のプレイヤーたち。やっぱり初期装備を身に着けていると舐《な》められてしまうらしい。ちなみにコリンのやつはそんな彼らを制止する。

「ちょっ、舐めないほうがいいですよッ!?　その人は、」

「うるせぇッ！　ヒャッハーー狩ってやるぜーーーーー！」

一斉に飛び掛かってくるプレイヤーたち。

だけど悪いなぁお前ら。俺の弓は貧弱だが、放つ矢のほうはかなり強いぞ？

俺はポン太郎たちを複数本握ると、連中に向かって射出した。

「アーツ発動、『パワーバースト』！　『スピードバースト』！」

俺の支援を受け、放たれた矢は漆黒のレーザーとなった。それらは一瞬にしてプレイヤーたちを貫通していき、一度に三人の命を奪う。

「ぐぎぃいいいっ!?」

「なんだそりゃあああッ!?」

「う、嘘《うそ》だぁああ!?　オレのＨＰがっ、一撃でゼロに……!?」

断末魔を上げながら消えていくプレイヤーたち。よしいいぞ、ようやくエンジンがかかってきた！

「さぁコリン、戦おうぜ！　楽しいバトルの始まりだーッ！」

「ひっ、ひぃーーーッ！　あ、アナタみたいなトンチキトッププレイヤーと誰がやりますかっ！　わたしはドロンさせていただきますっ！」

そう言って一瞬でどこかに逃げていってしまうコリン。かなりの敏捷《びんしょう》値《ち》をしているらしく、あっという間にその姿は遠ざかってしまう。

――だけど悪いなぁ。俺は今回のイベントで不遇満載セットの強さを知らしめるために完全勝利するつもりなんだよ。一度目の前に立った以上、逃がすわけがないだろうが。

俺はワクワク胸が高鳴るのを感じながら、足元に巨大な魔法陣を出現させる――！

「さぁーて、辺りにプレイヤーはいなくなったことだし……一発ド派手にいくとするかぁッ！」

その瞬間、俺の意思に応えて大地震が巻き起こった。地面が音を立ててひび割れ、大地の底より巨大竜樹が顔を覗《のぞ》かせる！

「現れろ、ギガンティック・ドラゴンプラントーーーーーーッ！」

『グガァアアアアアーーーーーーーーーーッ！』

現を果たした。

咆哮《ほうこう》を上げながら、始まりの街の中心部に全長百メートルを超える大型モンスターが出現を果たした。

俺の可愛《かわい》い手下、ギガ太郎だ。こいつの肩に乗りながら、俺はニヤリと命令を下す。

「さぁギガ太郎……周囲一帯を焼き払えッ！」

『ガアアアアアアアッ！』

俺が命令を出した瞬間、ギガ太郎の背中より七つの大きな華が咲き誇った。

太陽のごとく光に満ちる巨大な花弁。その輝きが限界へと達した時、全てを滅する殺戮《さつりく》光線が放出された！

超火力と超範囲と地形灼熱《しゃくねつ》化効果まで併せ持ったギガンティック・ドラゴンプラントの必殺技、【ジェノサイド・セブンスレーザー】だ。

『うぎゃあああああああああああーーーーーーーーーーーッ！！？』

レーザーの放射された地域から数多の絶叫が響き渡る。さらにギガ太郎は身体《からだ》の向きを変え、周囲をグルリと一周するように焼き払っていった！

プレイヤー：コリンさんを倒しました！ プレイヤー：シルさんを倒しました！ プレイヤー：ヤリーオさんを倒しました！ プレイヤー：ザンソードさんを倒しました！

プレイヤー：クルッテルオさんを――

処理不能！　処理、省略！

7082人のプレイヤーを倒しました！　経験値を手に入れた！　ユーリさんはレベル38までアップしました！

ユーリさんにイベントポイント＋7082！

「ふぅ――――――――――！　気持ちいい―――――――――――！　モンスターをぶっ倒すのも楽しいけど、プレイヤー連中をキルするのも最高だなッ！」

焼け野原となった周辺一帯を見渡しながら俺は爽やかに汗をぬぐった。

大量のイベントポイントが稼げた上、一気に8レベルもアップしちゃったぜ！

いやぁ、仲間に出来てよかったギガ太郎ッ！　おかげでメッセージさんがバグりかけるくらいに敵をぶっ倒しまくることが出来たぞ！　逃げるコリンも他のプレイヤーごと焼き払えたしな！

「ありがとうなぁ～ギガ太郎！」

『グガガ～！』

感謝する俺に甘えたような声を出すギガ太郎。触手をふよふよと伸ばそうとしてくるが、徐々にその身体が消えていった。巨大召喚モンスターの十秒制限ってやつだな。

足場を失った俺はそのまま地面に落ちていく。

「さぁて、次はどうするかなっと」

百メートル上空から落下しながら、俺は灼熱地帯となった場所に目を向けた。

そこには余波によって吹き飛ばされて転がっているプレイヤーや、焼却効果によって防具の損壊した死にかけのプレイヤーがちらほらといた。

誰がも突然の事態にわけもわからず、混乱してるといった感じだ。俺はそれを見て笑みを深める。

「よーし、新しく仲間になった奴らのレベル上げでもするか！」

俺は落下しながら召喚陣を出すと、そこからボスモンスター：バニシング・ファイヤーバードを出現させた！

ああ、今はレベルが1になって『バニシング・ファイヤーチュンチュン』って種族名にされてたっけか。だが、今からすぐにボスとしての威厳を取り戻させてやる予定だ。

『ピヨォオオオッ！』

「よーし出番だぞチュン太郎！」

ギガ太郎にはさすがに劣るが、プレイヤーの何倍もの大きさがある巨大鳥だ。その真っ赤でふかふかな背中の上に着地する。

さぁ、目指す場所は死にかけのプレイヤーたちが転がっている灼熱地帯周辺だ。その上空まで俺はチュン太郎を移動させ、可愛いペットに支援をかけてやる。

「暴れまくれよチュン太郎ッ！　アーツ発動、『ハイパーマジックバースト』！」

『ピヨォオオオオーーーーーーーーーッ！』

その瞬間、チュン太郎の翼や孔雀《くじゃく》のような立派な尾羽から炎が噴き上がった！

俺のアーツによって魔力値が五倍にまで跳ね上がったのだ。

チュン太郎は地に転がった『獲物』たちを睨み付け、獰猛《どうもう》な鳴き声を上げながら百を超える炎弾を射出した――！

「そっ、空から火が！　火がぁあああああッ！」

「何が起きてるんだよぉおおおおッ!?」

「街の中心部にドラプラが現れたと思ったら、今度はファイヤーバードだとぉおおお!?」

悲鳴を上げるプレイヤーたち。ただでさえギガ太郎の殺戮光線によって混乱していた彼らに、チュン太郎の空爆を凌《しの》ぐ術《すべ》はない。

瞬く間にプレイヤーたちは炎に呑《の》まれ、数百人の命が絶叫と共に消えていった。

「さぁさぁさぁ、まだまだいくぞッ！　サモナーの怖さを見せてやる！」

灼熱地帯周辺をチュン太郎に乗って空爆巡りしながら、俺は新たに二つの巨大召喚陣を出現させた。

そこから元気に飛び出していく『ゴブリンキング』と『ウルフキング』！　彼らは歓喜の叫びを上げながら、上空よりプレイヤーたちへと襲い掛かっていった！

『ゴブゥーーーーーーーーッ！』

「ぎゃあああああああああああッ!?」

着地と同時に巨大な棍棒《こんぼう》を振り下ろすゴブ太郎。

それによって炎に巻かれてパニック状態に陥っていたプレイヤーたちが、一瞬で地面の染みとなった。

『ガルーーーーーーーッ！』

「なななな、なんでボスモンスターがこんなにーーー!?」

一人たりとも逃がしはしない。俊足を誇るウル太郎が、灼熱地帯から遠ざかろうとするプレイヤーたちを背中から襲って嚙《か》み砕いていった。殺せば殺すほどにレベルと速度が上がっていき、逃亡者を一瞬で追い詰めていく。

877人のプレイヤーを倒しました！ 経験値を手に入れた！ ユーリさんはレベル40までアップしました！

ユーリさんにイベントポイント＋877！

レベルが40になったことで、ハイサモナーの必殺アーツ『滅びの暴走召喚』が使用可能になりました。

・必殺アーツ『滅びの暴走召喚』 消費MP500 クールタイム600秒 詠唱なし
「三十秒間のみ、モンスター召喚可能数の制限を無限にする」


「ほうほう、モンスター召喚可能数を無限にするだって!?」

これはまさに必殺のアーツだな！ 十分に一度しか使えない上、消費MPは『ハイパーパワーバースト』などのなんと十倍。俺の全MPをほとんど持っていかれるくらいだが、これは強力だ……！ 必殺アーツというだけある。

俺は回復ポーションでMPを全快にしながら、チュン太郎を広場の中心付近まで移動させる。するとやはりというべきか、周辺一帯から焼き出されてきたプレイヤーたちが広場にはひしめいていた。

みんな疲れ切っている様子だ。誰もがバトルどころではないといった感じで、顔を真っ青にして回復ポーションを呷《あお》っていた。

そんなプレイヤーたちに向かい、俺は全てを終わらせる前に詫《わ》びを入れる。

「悪いなぁお前たち。第一回目のバトルロイヤルは、俺の一人勝ちにさせてもらうぞ」

声をかけると、数多くのプレイヤーたちがギョッと俺のほうを見上げた。

ボスモンスターに乗った俺に混乱の眼差《まなざ》しを向ける。

「なっ、なんだあの美少女は!?」

「なんでボスモンスターに我が物顔で乗ってんだよ……！　つか、なんで初心者の弓なんて持ってんだ!?」

「ど、どうなってんだよこのイベント!?　つーかアンタ誰なんだよ!?」

悲鳴じみた声を上げるプレイヤーたち。中には俺に向かって怯《おび》えた声で『イベントボスか!?』『お前が魔王か!?』と言い放ってくる者もいるが、あいにく違う。むしろ俺は勇者のつもりだ。

「俺の名はユーリ。お前たちが最弱と見なした『サモナー』で、『弓使い』で、ついでに『幸運値極振り』のプレイヤーだ！

そして……今からお前たちを全滅させる者だーーーーーーッ！」

天に向かって腕をかかげ、『滅びの暴走召喚』を発動させる！

その瞬間、紅《あか》く染まった街の上空に百を超える召喚陣が出現した——！

そこから溢《あふ》れ出す超大量のモンスターたち！　オオカミが、ゴブリンが、炎鳥が、ワームが、その他道中で出会うような雑多なモンスターたちが、プレイヤーたち目掛けて降り注いでいった！

『ガルーーーーーーーッ！』

『ゴブゴブゥウウウウッ！』

『ピヨォオオオオッ！』

『ピギャーーーーーーーッ！』

咆哮を上げながら襲い掛かっていくモンスターたち。

その光景を前に、プレイヤーたちが一斉に泣き叫ぶ！

「「「なっ……なんだそりゃあああああああああーーーーーーーッ!?」」」

彼らの悲鳴と断末魔が、始まりの街に響き渡った……！

ブレイドスキル
オンライン
BLADE SKILL ONLINE

【バトルロイヤル】総合雑談スレ　２７９【ついに開催！】

1. 駆け抜ける冒険者

ここは総合雑談スレです。

ルールを守って自由に書き込みましょう。パーティー募集、愚痴、アンチ、晒しなどは専用スレでお願いします。

次スレは自動で立ちます。

前スレ：http://＊＊＊＊＊＊＊＊＊＊＊

107. 駆け抜ける冒険者

ついに始まったな～バトルイベント！　俺は広場から観戦させてもらうぜ！

誰が生き残るかみんな賭けたー？

108. 駆け抜ける冒険者

>>107
やっぱザンソードさんとヤリーオさんかなー、安定して強いし
クルッテルオも「おんおん」しか言わなくて頭おかしいけどβ時代から強いよな。

109. 駆け抜ける冒険者

>>108
やっぱそのあたりだよなー。ユーリってプレイヤーはみんなが狙いに行くとか言ってたし、逆にきついかも？

このゲーム、同名もオッケーだしそもそも名前が頭上に表示されないから例のユーリを特定するのは難しいんだけどさ、なんか【姓名判定】っていう名前がわかるスキルと【力量感知】っていうレベルがわかるスキルを持ったプレイヤーがいるから、そいつを探知役にしてレベルが高いユーリって名前のプレイヤーを集団で襲うことにしたらしい。

三十人くらいで挑みに行くとかダチが言ってたわ

130. 駆け抜ける冒険者

>>109
うーん、なんかそれずるくね？w
まぁ徒党を組んじゃ駄目ってルールはなかったけどさ

151. 駆け抜ける冒険者

>>109
掲示板見てるのかは知らないけど、まぁユーリってやつもダンジョンクリアしまくって良い意味でも悪い意味でも注目されてるって自覚はあるだろ
たぶん狙われないようにしばらく引きこもるんじゃないか?

173. 駆け抜ける冒険者

>>151
まぁそれが無難だよな。回復アイテムには限りがあるし、三万人も敵がいるんだから序盤から暴れまくったらすぐ死んじゃうって
さてどうなるか……って、は？

おい、おいおいおいおいおいおい、なんか広場の中心にギガンティック・ドラゴンプラントが現れたぞ⁉
え、なにこれイベントギミック⁉　そんな説明なかったよな⁉
あっ・・・・・・あああああああああああああああああああああああああああああああああ⁉　殺人レーザーぶちかましやがったああああああああああ⁉

179. 駆け抜ける冒険者

ちょちょちょちょちょっ、みんな死んだ⁉　みんな死んだー──────────⁉
ザンソードもクルッテルオもヤリーオも、それからついでにベータ勢の中ではかなりザコだけど頑張ってる姿がキュートなコリンちゃんもゴミみたいに死んだー───────⁉

180. 駆け抜ける冒険者

うわー───────────────────生存者数のカウン

トみんな見ろ！　一気に８０００人近く死んだぞ⁉

一体何が起きてるんだよ・・・って、今度はバニシング・ファイヤーバードが空爆を始めたーーーーーーーー⁉

240. 駆け抜ける冒険者

>>180
ふぁあああああああｗｗｗｗどうなってんだこれｗｗｗｗｗｗｗ
次はゴブリンキングやウルフキングまで暴れ始めたぞｗｗｗｗｗ人がどんどん死んでくｗｗｗｗｗ
って笑い事じゃねーよなんだこりゃあああああ⁉

294. 駆け抜ける冒険者

>>240
【悲報】バトルロイヤルを見にきたら、モンスターたちによるプレイヤー大虐殺が始まってた件

310. 駆け抜ける冒険者

>>294
もうイベントどころじゃねーだろこれ・・・！
っておい見てみろ見てみろ！　ファイヤーバードの上に、なんか人が乗ってないか⁉

315. 駆け抜ける冒険者

>>310

マジで人が乗ってる！　つーか怖いくらい美人だぞ⁉

あっ、広場付近のプレイヤーたちが逃げてきたあたりにファイヤーバードを寄せた。

まさかあの美少女がラスボスの魔王で、このイベントに乱入してインパクトを出すとかそういう演出か⁉

350. 駆け抜ける冒険者

>>315

なんかプレイヤーたちに話し始めるぞ。

ちょっと待て、外出先で映像が見れない奴のために文字を起こしてやる。えーっと、

「俺の名はユーリ。お前たちが最弱と見なした『サモナー』で、『弓使い』で、ついでに『幸運値極振り』のプレイヤーだ！

そして……今からお前たちを全滅させる者だーーーーーーッ！」

↑ってふぁああああああああああ⁉　何言ってんだコイツ⁉

つーかこの銀髪美少女が噂のユーリなのか⁉

たしかに目が死んでるっつーか鋭いっつーか闇堕ちヒロインだ！

388. 駆け抜ける冒険者

>>350
いやいやいやいやいやいやいや⁉　サモナーで弓使いで運極振りとか戦えるわけがねーだろ⁉

えっ、もしかして今まで暴れまくってきたボスたちって使い魔なのか⁉

ボスモンスターが使い魔になるなんて聞いたことないが……運極振りにすればいけるのか⁉

そういえばユーリってボスにソロで挑んできたから、『他のプレイヤーの助けを借りずに倒す』っていうモンスターの調教条件満たしてるわけだし……！

400. 駆け抜ける冒険者

>>388
いや待て待て待てっ、そもそも弓なんかでソロでボスを狩れるわけがないだろ⁉　だとしたらどんな異常者プレイしてここまで来たんだよあいつ！
つーか考察は後回しだ！　なんかユーリの背後にめっちゃ召喚陣が現れて・・・・
ってうぎゃあああああああああああああああ⁉　モンスターの群れが雨みたいに降ってきたぞおおおお⁉

412. 駆け抜ける冒険者

>>400
ああああああっ、どんどんプレイヤーたちが殺されまくって

いく！？！？
何なんだよユーリってやつ……こりゃあもうプレイヤーの戦い方じゃねぇ！！！
こんなのもはや……ラスボスじゃねえかあああああーーーーーーーーーーー！

第十二話　いくぜダチ公ッ、バトルロイヤル決着！

『ユッ、ユーリさんの暴虐が止まらない！　というかお願いだからもうやめてぇ!?　記念すべき初イベントが魔王の襲撃イベントになっちゃってますからーーーーーーーーーッ!?』

実況役のナビィがよくわからないことを言ってるけど、よくわからないってことはどうでもいいってことだから無視するぜ！

みんなから馬鹿にされている『サモナー』『弓使い』『幸運値極振り』の名誉を守るために、正義の勇者である俺はひたすらプレイヤーたちを倒しまくっていた！

差別をなくして平和な社会を作り上げるためには暴力を振るうことが一番だ。必殺アーツ『滅びの暴走召喚』によるモンスターたちの百鬼夜行が終了すれば、すかさずファイヤーバードによる空爆を再開。さらには俺もポン太郎たちを射《う》ちまくり、彼らのスキル【闇分身】との組み合わせによって上空から何十本もの矢を絶え間なく降らせ続けた。

「わかったッ、もうその三つが強いことはわかったからーーー!?」

「ごめんなさいごめんなさいごめんなさい！　実はユーリさんのこと何人かで組んで襲撃

しようとしましたごめんなさいッ！」

「もう三大不遇要素のことはネタにしませんから許してぇぇぇぇぇぇッ！」

泣いて逃げ惑うプレイヤーたちだが、今後の『サモナー』『弓使い』『幸運値極振り』プレイヤーたちのためにも容赦はしない。一人を犠牲に十人を救うのが正義っていうから、つまり逆に考えれば、正義の味方である俺が一万人以上を抹殺すれば十万人を救ってるってことになるからな！　たぶん！

というわけで背を向ける者には、プレイヤーたちを倒しまくって急成長したゴブリンキングとウルフキングを追っ手として投入。

さらに一度目の召喚から十分過ぎたことでギガンティック・ドラゴンプラントを再召喚。街の外周を再び焼き払い、戦うことを恐れて中心部から離れている者たちを何千人と絶滅させた。

そうしている内に時間が経《た》ったことで、必殺アーツ『滅びの暴走召喚』を再び発動。街の外周から焼き出されて逃げるように集まってきた者たちに向かって、大量のモンスターを投下したのだった。

・18260人のプレイヤーを倒しました……！

上級領域・レベル40に到達したため、これ以降、倒した相手のレベルが低いほど獲得経験値にマイナス補正が発生します。

一部の相手とは10レベル以上差があったため、経験値を獲得できませんでした。

ユーリさんはレベル44までアップしました。ユーリさんにイベントポイント＋１８２６０……！

・遅れていた処理が完了しました。
条件：『プレイヤーを10人キルする』達成！
スキル【暴力魔】を習得しました！
【暴力魔】：プレイヤーに与える『衝撃』がわずかに上昇（のけぞりやすくなる）。
条件：『プレイヤーを１００人キルする』達成！
スキル【暴力魔】はスキル【殺戮狂《さつりくきょう》】に進化しました！
【殺戮狂】：プレイヤーに与える『衝撃』が上昇（のけぞりやすくなる）。
条件：『プレイヤーを１０００人キルする』達成！
スキル【殺戮狂】はスキル【魔の波動】に進化しました！
【魔の波動】：全ての敵に与える『衝撃』が上昇（のけぞりやすくなる）。
条件：『プレイヤーを１００００人キルする』達成！
スキル【魔の波動】はスキル【魔王の波動】に進化しました！

【魔王の波動】：全ての敵に与える『衝撃』がかなり上昇（のけぞりやすくなる）。

「お～、こりゃいいなぁ！」

メッセージさんが視界一杯に文字を表示される。

大暴れしたことでレアスキルをゲットしまくりだ。習得から進化まで駆け上がったのは【魔王の波動】だけではなく、モンスターたちにプレイヤーを10000人キルさせることでサモナー限定スキル【魔王の眷属《けんぞく》】というのも獲得。さらに飛び道具での攻撃でプレイヤーを1000人キルしたことでスキル【魔弾の射手】なるものも手に入れた。

限定スキル【魔王の眷属】は使い魔となったモンスターたちのステータスを常時1．3倍にする超高性能なものだ。

そしてスキル【魔弾の射手】は、投擲《とうてき》・射出した武器にホーミング能力をつけるものらしいが……こっちはぶっちゃけいらないな。これからも憑依《ひょうい》したポン太郎たちに当ててもらう予定だし。

『ピギョォオオオ～～……』

「おっと、チュン太郎はもうお疲れか？　ありがとうな、助かったぜ」

プレイヤーを乗せて飛べるのは二十分くらいって設定だからな。

俺はチュン太郎のもふもふな背中を撫《な》でたあと異空間に消し、壊滅した街の広場に降り立った。

『始まりの街』そっくりだった和やかな景観はもはや見る影もない。数多くの建物がグチャグチャに壊れ、あちこちで炎が燃え盛る死の都と化していた。

視界の端にある生存者数を示すカウンターはギュルギュルと減っている最中だが、見渡す限り生き残っているプレイヤーはどこにもいない。

「おーいナビィ、これで優勝かー？」

『ちょっ、ちょっと待ってくださいユーリさんっ、いえユーリ様！　まだ集計データの処理中で……ってあぁっ!?　まだ、まだ十名ほど残っています！　まだ戦いは終わってませーーーーーーーんっ！』

なぜか泣きそうなほど嬉《うれ》しそうな声を上げるナビィ。

ああ、せっかく実況役の仕事を貰《もら》えたんだもんね。長く席に座っていたくなる気持ちはわかるよ。

「安心しろナビィ！　三大不遇要素の強さを知らしめるためにも、残ってる奴《やつ》らは頑張って長く痛めつけるからよぉ！」

『って安心できる要素ないんですけどぉ!?　あああああああッ！　誰かこの天然外道チンピラ美少女魔王を倒してーーーー！』

はて、俺は聡明《そうめい》正道イケメン優等生勇者なのだが何を言ってるんだろうかコイツは？

あんまりふざけた実況をしてるとポン太郎暴走族に囲ませてバイブレーションさせるぞと脅そうとした時だ。不意に背後の瓦礫《がれき》の山が、音を立てて爆散した……！

「ハ……ハハッ！」

濛々《もうもう》と立ち込める土煙の中、全身を血塗《ちまみ》れにしながら現れた男に俺は笑みを浮かべた。

ヤツもまた足を引きずりながらも、俺と視線が合った瞬間に鼻を鳴らした。

「へへっ、甘《あめ》えなぁユーリッ！　あの程度でオレ様が死ぬと思ったかーーー!?」

「いいや思ってなかったさ！　さぁやろうぜぇ、スキンヘッドーーーッ！」

ああ、まさにお前は最高のダチ公だ！　男同士の決闘の約束を守るべく、スキンヘッドは俺の下へと来てくれた！

その瞬間、ワァアアアアーーーーーーッという大歓声が上がる。それは、ナビィのマイクを通して響いた観戦者たちの叫びだった。

『いっ、生きていたーーー！　強力なプレイヤーがここに参上ーーーーッ！

優勝候補であるザンソードさんも倒れ、魔王ユーリの一人勝ちになるかと思った瞬間ッ！　積み重なった瓦礫の底より、トッププレイヤー勢の一人であるラインハルト・フォン・エーデルフェルトさんが姿を現したーーーーー！』

実況役であるナビィも（俺をナチュラルに魔王扱いしながら）歓喜の咆哮《ほうこう》を張り上げる。

ってちょっと待て!?

「おいスキンヘッド……お前その見た目でそんな名前だったのかよ。ゴンザレスとかの間違いじゃないか？」

「誰がゴンザレスだッ！　思えば会った時から蛮族だのと言いやがって……よし決めた。テメェ、オレ様が勝ったら罰ゲームとして一日言うこと聞きやがれ！　モンスターの討伐からアイテムの採取までなんでも手伝わせて、一晩中ヒーヒー言わせてやるぜッ！」

「ハッ、だったらお前も負けたら言いなり決定だ！　朝から晩までそこらじゅうを連れ歩かせてやるよ！」

「いいぜェ、上等じゃねぇかッ！」

言い合いながら、俺たちは回復ポーションの瓶を取り出して飲み干した。

さぁ、これでＭＰのほうは万全だ。スキンヘッドのほうも全ての傷が消え、全身に闘気を漲《みなぎ》らせた。

そうして俺たちは同時にポーションの瓶を投げ捨て、パリィンッという音が響いた瞬間――、

「「お前にだけは、負けて堪《たま》るかぁあああッ！」」

熱く拳を握り締め、まったく同じタイミングで駆け出したッ！

「「オラァァアアアーーーーーーーーーッ！」」

大炎上する街の中、俺とスキンヘッドの一騎打ちが幕を開ける。

相手に向かって全力で駆け出し、共に拳をぶつけ合う！

「吹き飛びやがれスキンヘッドッ！」

「なにぃッ!?」

最初の打ち合いに勝利したのは俺だった。全ての衝撃を無効化する【神殺しの拳】に加え、一万人以上のプレイヤーを虐殺したことで獲得した【魔王の波動】が発動。筋力値ゼロなど関係ないとばかりに、スキンヘッドの身体《からだ》を弾《はじ》き飛ばした。

ヤツはどうにか足を地面につけるも、そのままズザザザッと何メートルも後退させられる。そうして拳を押さえながら、俺に対して引き攣《つ》った笑みを浮かべた。

「かぁ～～～腕いッてぇ！　おいユーリ、どういう衝撃してやがんだよ!?　『パワーグラップラー』のジョブのオレ様が吹き飛ばされるとか、オメェ筋力値ゼロとか絶対に嘘《うそ》だろ！」

「さっき習得した【魔王の波動】っていうスキルの効果だ。俺は気分的に勇者なのになぁ」

「オメェみたいな勇者がいるかッ！」

失礼なことを言いながら再突撃してくるスキンヘッド。パワーグラップラーというジョブの技なのか、拳からオーラを放ち始めた。

いいぜ、だったらこっちもサモナーとして戦ってやる！

「現れろ、ゴブ太郎！　ウル太郎！　チュン太郎！」

『ゴブゥーッ！』

『ワォーンッ！』

『ピギャーッ！』

周囲に展開された召喚陣より、三体のボスモンスターが現れる。

その身体からは邪悪極まる漆黒の波動が放たれていた。スキル【魔王の眷属】の効果で常時ステータスが上昇状態にあるのだ。

これだけでも十分脅威だろうが、まだだッ！

「アーツ発動！『ハイパーパワーバースト』、『ハイパーディフェンスバースト』、『ハイパーマジックバースト』、『ハイパーラックバースト』、『ハイパースピードバースト』！」

『『『グガギャァアアアーーーーーーーーッ！』』』

強化されたボスモンスターたちの全ステータスを、さらに三倍にまで押し上げる！

狂ったような雄叫《おたけ》びを上げる使い魔ども。彼らは棍棒《こんぼう》を、牙を、炎翼を滾《たぎ》らせ、一斉にスキンヘッドへと襲い掛かった。

その光景を前に、実況役のナビィが悲鳴を上げる。

『よっ、容赦というものがまったくなーーーーーーーーーいッ!? 魔王ユーリ、奇跡の生還を遂げた勇者を躊躇《ちゅうちょ》なくぶっ殺そうとしていますッ! うわーんっ、この人イベントを終わらせる気だよぉおおおっ!?』

だから魔王じゃないっつの!

あのちび妖精、あとで指でグリグリしてやると誓いつつ、スキンヘッドのほうを見る。

するとヤツは困ったような笑みを浮かべ、

「ったく。ボスモンスターを仲間にするなんざ、本当に魔王やってんなぁユーリ。

……いいぜ、だったらオレ様も全力全開だッ! 血の一滴までオメェのために搾り尽くしてやらぁあああああっ!」

その瞬間、スキンヘッドの全身より赤き光が迸《ほとばし》った。剝《む》き出しとなっている筋肉が紅蓮《ぐれん》に染まっていき、まるで熱された刀のように火花を放ち始める!

「アーツ発動ッ! 『決死の覚悟』ォオオオーーーッ!」

ガンッと大地を踏みしめた瞬間、ヤツは赤い稲妻となって駆け出した!

ゴブリンキングの懐へと超音速で潜り込み、強烈なアッパーを突き出して空へと射出。

そのままファイヤーバードにぶつけ、二体同時にダウンさせる。

さらにヤツに油断はない。その隙に背後から嚙《か》み付こうとしてたウルフキングを、振り向かないまま裏拳を放って何十メートルも吹き飛ばしたのだ……!

……おいおい、めちゃくちゃ強いじゃねえかスキンヘッド。

見ればヤツの頭からは、二本の角が生えていた。その変貌っぷりにナビィがワッと声を上げる。

『なっ、なんという強さだーーー！　ラインハルト・フォン……長いからスキンヘッドさん！　なんと魔王ユーリの使い魔たちを一瞬で片付けてしまった！

あぁ、しかしその代償は大きい。彼の発動した「決死の覚悟」は、徐々にHPを減らしていくことで全ステータスを二倍にする諸刃《もろは》の剣！　さらに額に現れた角は、パワーとスピードを三倍にする代わりに一分後に確実に死ぬレアスキル【鬼神化】の効果でしょう！発動したが最後、キャンセルはできません！』

ナビィの言葉に驚く。まさにスキンヘッドのやつは、俺のために全てを搾り尽くそうとしてくれていた。

まだ生存者は他にいるというのに。優勝の可能性を、かなぐり捨てて。

「けっ、妖精ちゃんめ。オレ様の奥の手をペラペラ解説するとは悪い子だぜ。……まぁ戦いの最中に説明もなくポックリ死んだら拍子抜けだからなぁ。観客を盛り上げるためには仕方ねーかァ。

んで、どうすんだよユーリ？　一分間逃げ回ったらオメェの勝ちだぜ～？」

挑発的に言ってくるスキンヘッド。だが、彼の瞳には俺に対する熱い信頼の光が宿っていた。

ああ……上等だ！　ここで受けなきゃ男じゃないッ！

「ハッ、誰が逃げるか！　さぁ、こいよスキンヘッド。お前の全部を受け止めてやる！」

「クハハッ！　ああ、オメェならそう言ってくれると思ってたぜぇユーリ！　さぁいくぜ、オレ様の全部をテメェにブチ込んでやらぁあああッ！」

獰猛《どうもう》な笑みを浮かべ、スキンヘッドは超音速で駆け出した！

ヤツに対してカウンターの拳を繰り出そうとしたが無駄だ。スキンヘッドは圧倒的な速度により、俺が肘を引いた時にはパンチを放っていた！

強烈な拳が俺の胸に炸裂《さくれつ》し、一瞬にして何百メートルも吹き飛ばされていく――！

「ぐがッ!?　がはッ！」

始まりの街に点在する数多《あまた》の民家を突き破りながら、俺のＨＰは何度も何度も削られていく。

そのたびに【執念】が発動し、俺は死にながら生き続けた。


スキル【執念】発動！　致命傷よりＨＰ１で生存！

スキル【執念】発動！　致命傷よりＨＰ１で生存！

スキル【執念】発動！　致命傷よりＨＰ１で生存！

スキル【執念】発動！　致命傷よりＨＰ１で生存！

スキル【執念】発動！　致命傷よりＨＰ１で生存！


くそっ、このままじゃ不味《まず》いッ！

背後の民家に強引に拳を叩《たた》きつけ、スキル【神殺しの拳】を発動。衝撃を無効化するその効果を応用し、三十軒以上の家をブチ抜いたところで踏みとどまった。

だが気を抜ける余裕なんて一切なかった。不意に影がかかったと思って空を見上げたら、そこには『巨大な塔』を構えたスキンヘッドがいたのだ！ってなんだそりゃーーーー!?

「ガハハハハハッ！　ＨＰが半分を切ったことで、筋力アップ系スキル【火事場の馬鹿ヂカラ】発動じゃぁあッ！　デカいの一発ブチ込んでやらぁーーーッ！」

ダメ押しのごとく強化された筋力値により、ヤツはダンクシュートでも決めるようにぶっとい塔を叩きこんできた！

あれは不味すぎるッ。もしも下敷きになって潰されようものなら、継続ダメージで完全に終わりだ！

だったら今こそ、

「禁断召喚！　現れろ、『キメラティック・マシンゴブリン』ッ！」

禍々《まがまが》しい漆黒の召喚陣が目の前に現れ、そこから錆《さ》びたギアを軋《きし》らせる人造のゴブリンキングが出現した！

ゴブリンキングの肉と『古代超文明の残骸機械』というレアアイテムを融合させて産み出したモンスターだ。

そのステータスは防御力極振りで、他はゼロ。まさに盾となって死ぬために生まれたような存在だった。

「頼む、俺のために死んでくれ！」

『ゴギガーッ！』

マシンゴブリンは全身の配管からガスを噴出しながら、巨大な塔を受け止めた。

足元がひび割れようが、あちこちのギアが砕けて火花が噴き出そうが、機械仕掛けのゴブリンは動じない。背後の俺を守るために気合と根性を見せてくれた！

ああ、それに応えなくてどうする。俺は壊れていくマシンゴブリンの背中に足をかけ、放たれた塔を逆走する！

「いくぞスキンヘッドーッ！」

「なっ、塔を逆走してくるとか何でもありかよオメェは!?」

頂点に立つスキンヘッドがギョッとした表情を浮かべた。

もちろんこんな芸当が出来るのは俺だけの力じゃない。ブーツに宿ったアーマーナイトが、わずかに存在する凹凸《おうとつ》を的確に捉えて足場にしてくれているのだ。

『ゴギッ、ガッ……ゴシュジン、ガンバレッ！』

背後から響いてくるマシンゴブリンの声援と、塔に圧《お》し潰される破壊音。

それをしっかりと耳にしながら、俺は再び漆黒の召喚陣を展開させた。

「禁断召喚！　現れろ、『キメラティック・ライトニングウルフ』ッ！」

『ウォオオオオオオオオオンッ！』

雄叫びを上げながら弾丸のごとく現れたのは、全身から白雷を放つ人造のウルフキングだった。

ウルフキングの肉と『神雷の宿石』というレアアイテムを融合させて産み出したモンスターだ。

そのステータスはマシンゴブリンと同じく、敏捷《びんしょう》値極振りで他はゼロ。たった一つの目的のために作り出された鉄砲玉だ。

ライトニングウルフはそれを承知で塔を逆走し、文字通り雷速でスキンヘッドに襲い掛かった。

「チィッ、どきやがれ犬っころが！」

噛み付こうとしていたその顎にアッパーを叩きこむスキンヘッド。

だが、これで目的は達成された。ライトニングウルフの首の骨が折れるのと同時に、スキンヘッドの身体《からだ》に電流が走った！

「グガガガガガガァッッッ!?」

ブスブスと煙を立てながら、スキンヘッドは塔の頂点より落ちていく。その身体はビクビクと震えていた。

これがライトニングウルフの能力だ。触れた敵を『麻痺《まひ》状態』にする……そのためだけにコイツを作り出したのだった。

俺はいよいよ塔を登りきり、逆に落ちていくスキンヘッドに向かって最後のキマイラを召喚する。

「禁断召喚！　現れろ、『キメラティック・ジェノサイドバード』ッ！」

展開された召喚陣。そこから現れたのは、全身から闇色の炎を放つ悪夢のごときファイヤーバードだった。

ファイヤーバードの肉と『獄炎の宿石』というレアアイテムを融合させて産み出したモンスターだ。

そのステータスは魔力値極振り。こいつの使い方は、ウルフキングよりもさらに単純だった。

「ジェノサイドバード、ヤツに向かって堕《お》ちていけッ！」

『ピギャァアアアアーーーーーーーーーーーッ！』

自爆特攻。それが自分の肉すら焦がしてしまうほどに出力特化した、コイツの唯一にして最強の攻撃方法だった。

さらに俺は容赦しない。弓を手にしながら塔から飛び降り、落下していくスキンヘッドに向かってポン太郎たちを射出した！

スキル【闇分身】により、11本の矢は110本にまで増殖する。その光景に実況役のナビィが絶叫を上げた。

『ファッ、ファアアアーーーーッ!? 容赦がないにもほどがあるッ！ 魔王ユーリ、特攻用に造ったキマイラを叩きこむだけでなく、憑依《ひょうい》系モンスターと「弓」の組み合わせによって矢の豪雨を完成させました！ それが麻痺状態のスキンヘッドさんに迫るーー！』

敵を殺さんと向かって行くジェノサイドバードとポン太郎たち。これで完全に詰みのはずだ。

だがその集中砲火を受ける直前、スキンヘッドの目がカッと輝いた。全身にみなぎる赤い闘気がさらに膨れ上がり、麻痺状態だというのに動き始めた！

「グハハハハハハァッ！ ＨＰ30％以下で状態異常！ あぁ、これで条件は満たされた！——スキル発動、【絶命覚悟の暴走特攻】ォオオオオッ！」

その瞬間、スキンヘッドは爆発した！

いや正確には、背中から鮮血の混じった爆風を放ちながら空へと向かってきたのだ。

ああ、攻略サイトを覗《のぞ》いてる時に見たことがある。

スキル【絶命覚悟の暴走特攻】。「HP30％以下で状態異常」という限られた状況でしか発動できないスキルだが、一度発動すれば全ての状態異常を回復し、1秒ごとにHPを1％ずつ減らしながら敵に向かって突撃するという、まさに一矢報いるためだけに存在するスキルだった。

「ウオリャァアアアアアアアアッ！」

『ピギャァアアアアアアアッ!?』

命の全てを絞り尽くしたスキンヘッドは化物だった。

向かって来ていたジェノサイドバードの嘴《くちばし》を摑《つか》み、背負い投げでもするかのように地面へと音速投下。それによって哀れなジェノサイドバードは大爆発を起こし、広場の隅で「あんな戦いに混ざれるか……！」と震えていた他のプレイヤーたちを吹き飛ばした。視界の端にあった残敵数が一瞬で減り、これで生き残りは俺とアイツだけとなる。

「オラオラオラオラオラオラオラオラオラァ！」

『キシャシャシャ〜〜〜〜ッ!?』

さらにスキンヘッドは止まらない。迫りくるポン太郎たちを超音速のパンチで蹴散らしながら俺へと向かってくる。

ただでさえアイツはHPを減らしていく『決死の覚悟』を発動しているのだ。もはや十秒ともたない命だろう。

だったら……、

「……いいぜ、来いよスキンヘッドッ！　最後は俺の拳で終わらせてやらぁあああーーーッ！」

「ぬかせぇユーリ！　勝負を決めるのはオレ様の拳だぁあああーーーッ！」

手にした弓を全力で放り投げ、俺たちは空中で衝突した！

ぶつかり合う拳と拳。もはや【魔王の波動】では、背後より爆風を吹き出すスキンヘッドは止められない。俺たちは空中で何度も何度も殴り合い、死に向かって突き進んでいく
――！

「勝つのはオレ様だーーー！」

あいつの拳に打たれるたびに、俺のHPは何度もゼロになりかける。

「いいや、勝つのは俺だーーー！」

俺の拳が炸裂するたび、スキンヘッドは確実に死へと近づいていった。

もはやお互いの存在以外わからない。ひたすら拳を振るい、打って打たれる感覚だけが

俺たちの全てだった。

「ユーリィイイーーーーーーーッ！」

「スキンヘッドォオオーーーーーーーッ！」

そして訪れる最後の時。俺はスキンヘッドの剛拳を掻《か》い潜《くぐ》り、その腹部へと強烈な一発を叩きつけた！

「ガハァァアアッ!?」

血の息を漏らすスキンヘッド。ああ、この瞬間を逃しはしない！　俺は拳を引き絞り、ヤツの顔面へとトドメの一撃を打ち放った！

「これで、終わりだーーーーッ！」

ズパァァアアンッ！　という音がスキンヘッドの顔面から響き渡り、ヤツは勢いよく地面へと叩き付けられるのだった……！

その瞬間、盛大なファンファーレと共にメッセージウィンドウが表示される——！

・おめでとうございますユーリ様！
最後のプレイヤーの討伐に成功しました！　バトルロイヤルイベント・第一回目の優勝者はアナタ様です！


「はぁ、はぁ、やった……のか……！」

最後の数秒間を制したのはこの俺だった……！

だが、もう限界だ。喜びの雄叫《おたけ》びを上げようにも、俺の精神力は尽き果てていた。使い魔の召喚すらままならず、そのまま消えかけていたスキンヘッドの身体の上へと落下する。

かくして、ヤツの胸板に当たった瞬間――、

スキル【執念】――発動に失敗しました。
アナタのＨＰはゼロになりました。

……ここでまさかの発動失敗。勝者として雄叫びすら上げる間もなく、俺は落下ダメー

ジによって死亡したのだった。

　徐々に身体が薄れていく俺に対して、下敷きになったスキンヘッドがガハガハと笑う。

「っておいおい、人の死体の上で死ぬなよ！　つーかコレ、オレ様があと一発コブシを捻《ね》じ込んでたら勝ってたってことじゃねぇか？」

「ハッ、負け惜しみ言いやがって。……不満があるなら何度だって相手になるぜ、スキンヘッド」

「おうよ。またやろうなぁ、ユーリ……！」

　共に身体が消えていく中、ダチ公と一緒にニヤリと笑い合う。

　そんな俺たちへと響き渡るナビィや観客たちの大歓声。『どっちもすげぇや！』『滅茶苦《めちゃく》茶《ちゃ》熱かったぜぇ！』『オレもサモナーになるぜぇッ！』という声に交じって『スキンヘッド爆発しろ！』という謎の罵声（？）まで聞こえてきたが、実際に背中とかが爆発してたから許してやって欲しい。

　こうして多くの拍手と声に包まれながら、俺のバトルロイヤルは幕を閉じたのだった
――。

「あっ、第二回から第五回まで全部のバトルロイヤルに出るつもりだからよろしくなー」

『『『やめてください魔王様ッ！』』』

　観客たちに一斉に止められた。解せぬ……！

第十三話　出禁。

ふぅ～、なにげに初めての死亡体験だったなぁ。

俺は『復活の神殿』という場所で蘇《よみがえ》った後、観客たちの集まった広場に戻ってきた（ちなみにバトルロイヤル用の特殊フィールドに放り捨ててきた弓は、なんかすごい必死そうに回転しながら次元の壁を破って戻ってきた。すごい）。

俺の姿を見た瞬間、数万人のプレイヤーたちが「キャァアアアア！　魔王様でたーっ！」と歓声を上げたり「ギャァアアアアッ!?　魔王様でたーッ!?」と絶叫を上げたり、広場はにわかに騒がしくなる。

「うわっ、近くで見ると本当に綺麗《きれい》すぎる!?　ス、スクショ撮ってもいいかな……!?」

「やめろッ、あんな見た目だが中身は鬼畜だ！　参加者だったオレにはわかる！」

「すげぇ……弓なんて接近されたら邪魔になるだけのゴミだと思ってたけど、マジで躊躇《ちゆうちよ》なくゴミみたいにポイ捨てして殴り合いで決着付ける人初めて見た……ッ！　遠距離武器使いのくせに打撃戦に移る判断が速すぎる……！」

「なんか弓を引くより殴り合いのほうが慣れてなかった……？　え、あの綺麗さでスケバン姉貴……ッ!?」

ざわざわと俺を遠巻きに囲うプレイヤーたち。ふふふ、有名人になるというのはいい気分だ。

よし、ここはファンサービスしないとな！

「ありがとーありがとー！　注目してくれるお前たちのためにも、やっぱり二回目のバトルロイヤルにも出てやるかぁ！」

「『「すいません魔王様やめてくださいッ！」』」

ってまた止められた!?　解せぬッ！　俺は出るぞコンチクショウッ！

そうして、さっきぶっ倒したプレイヤーたちから恐れられたり、サモナーや弓使いのプレイヤーたちから「オレたちも頑張ってみようと思った！」と感謝されたりしながら騒しく過ごしていた時だ。不意に背後が光り輝いたと思うと、なんとオーディンの爺《じい》さんが転移してきたのだ！

突然の事態に周囲のプレイヤーたちと共に驚く。

「なんだ、襲撃か!?　バトルか!?　いいぜこいよ、相手になるぜ！」

『って違うわッ!?　おぬしだけとはやりたくないわいっ！』

「そうなのか？　俺は人間をぶっ倒す喜びに目覚めたところなんだが」

『ひえっ、やべーやつを覚醒させちゃった……!?』

爺さんは一瞬ガチで怯《おび》えたあと、咳払《せきばら》いをして表情を改める。

『あーゴホンッ！　ワシが会いに来たのは他でもない。第一回目のバトルロイヤル優勝者であるおぬしを讃《たた》えに来たのじゃ！　諸君ッ、ユーリ殿に今一度盛大な拍手を送ってやってくれ！』

その瞬間、多くの拍手とワァァァァッという声が再び広場を埋め尽くした。まぁ俺に負けた一部のプレイヤーたち（コリンのやっとか）は青い顔をして黙っていたが、「フィールドで会ったらヨロシクな～？」と協力プレイしようぜ宣言すると、ビクンッと震えた後なぜか壊れたオモチャのように涙目になって拍手し始めた。不思議なやつらだぜ。

拍手がある程度収まってきたところで、爺さんは言葉を続ける。

『ユーリ殿だけでなく他の戦士たちにも説明しておくぞい。

今回手に入ったイベントポイントは、なんと限定アイテムや限定スキルなどと交換できるのじゃ！　また一度手にしたイベントポイントは無期限で持ち越しできるため、あえて取っておくのもいい。イベントのたびに交換できる景品を増やしていく予定じゃからのぉ』

お～限定アイテムに限定スキルか！　それは魅力的だなぁ！

今回の戦いで三万ポイント近く手に入れたから、これくらいあれば何でも交換できるだろう。それに第二回から第五回まで全部のバトルロイヤルに出てやるんだからな！　まだまだ稼いでやるつもりだぜ！　ぬっはっはっはっは！

『さて、次に優勝者への特別プレゼントについてじゃ！

今回開かれる五回のバトルロイヤル。それに優勝した者にはそれぞれ、「ギルドホームの建設権利」を授けよう！』

「ギルドホームだと……!?」

爺さんの言葉に、俺をはじめとした全プレイヤーたちがざわついた。

ギルドといえばプレイヤーたちが集まって作る組織のことだ。別のゲームではクランともいう。

たしかこのブレイドスキル・オンラインにはないシステムのはずだが……、

『フォッフォッフォ、驚いておるな!?　ここで発表するとしよう！　明後日《あさって》行われるアップデートに伴い、ギルドシステムが実装される予定じゃぞい！　ギルドでのみ参加できる特殊イベントやクエストも実装予定なので、どうか楽しみにしておってくれ！』

爺さんの発表にオオオォォォ～という声が響いた。

それはたしかに楽しみだなぁ。ギルドでのみ参加できるイベントといったら、やっぱりギルド間抗争とかだろうか!?

いいなぁ～抗争。してみたいな～。ウチの爺さんが子供の時から見せてくれた任侠《ヤクザ》モノ映画でよくやってるやつ！　あれ一回やってみたかったんだよな～。

「敵の事務所への単騎特攻はロマンだよなぁ……」

『なっ、なんか優勝者が不穏なことを言ってるけど無視するぞい！　またメンテナンスに伴い、ストーリークエストの実装や「動画撮影機能」なども追加されるので、どうか期待していてくれ。……あとスキルや職業の性能調整も当然行われる予定じゃからな……！』

オーディンの爺さんがそう言うと、なぜか全てのプレイヤーたちが俺のほうを注目した。

ってやだなぁ、サモナーで弓使いで幸運値極振りの不遇要素満載ユーリくんには調整なんて関係ないことっすよ！　むしろ強化されるかも!?　ワクワクだぜ～！

俺が胸を弾ませていると、オーディンの爺さんが「では最後に」と俺たちに言い放つ。

『えー……つい先ほど、わたくしどもは緊急の運営会議を行い――ってああ違う！　ワシは大臣たちと話し合い、一つの決定を下した！

それは……ユーリ殿の圧倒的な強さを讃え、「第一回バトルイベント・殿堂入りプレイヤー」の称号を贈ることじゃぁぁあああッ！』

「で、殿堂入りー!?」

えっ、なにそれなにそれなにそれ!?　なんかすごいアイテムとかもらえるのか!?

なんか知らないけどやったーーーーーーーッ！

『殿堂入りプレイヤーとなったユーリ殿には、今回のイベント中、実況席に座ってバトルを解説する権利をやるぞいッ！　というわけで全プレイヤーたちよ、次のバトルロイヤルからは魔王ユーリは座ってるだけだから安心して参加するのじゃァァアアーーーーーーッ！』

「「「よかったぁぁあああああああああああああッ！」」」

お、おいちょっと待て!?　俺は実況席なんて行かないぞ!?　俺は大暴れする予定なんだぞ!?

ってああああああああ!?　なんか目の前に『おめでとうございます！　アナタはスペシャルコメンテーターに選ばれました！　※以降、今回のイベントには参加できません』とかメッセージが表示されたぁ!?

『ではワシは消えるからの！　バイバ～イ！』

「「「オーディン様ありがとー！」」」

「って待てこらオーディン!?　俺に戦わせろ！　もっとぶち殺させろ！　暴れさせろぉおおおおおーーーーーーーーッ！」

俺から逃げるように転移していくオーディン。

……こうして勇者である俺は、『サモナー』『弓使い』『幸運値極振り』を馬鹿にしていた連中を見返してやることが出来たものの、邪悪な運営の策略によって『出禁』という処分を食らうのだった……！

おのれ運営……次はお前らに復讐《ふくしゅう》してやるからなーーーーーっ！　チクショウがぁーーー！

【バトルイベント】総合雑談スレ ３００【お疲れ様！】

1. 駆け抜ける冒険者

ここは総合雑談スレです。

ルールを守って自由に書き込みましょう。パーティー募集、愚痴、アンチ、晒しなどは専用スレでお願いします。

次スレは自動で立ちます。

前スレ：http://＊＊＊＊＊＊＊＊＊＊＊

107. 駆け抜ける冒険者

いやー、昨日のバトルイベントは盛り上がったなぁ！

今日はイベント明けだし、まったり感想でも語り合おうぜ〜

108. 駆け抜ける冒険者

>>107
んだな！

第二回目優勝者のザンソードさんの戦いぶりは見事だったな〜

迫りくる魔法の数々を剣一本で斬りさばき、超高速で接近して連続斬首！

まさに高速戦闘ジョブ『サムライマスター』の手本みたいな戦いぶりだったぜ

109. 駆け抜ける冒険者

>>108
第三回目優勝者のクルッテルオも面白かったな
建物の中に潜むプレイヤーたちを、アーツ『立体駆動』で壁から天井まで自由自在に這いまわってかく乱していってさー
屋内戦闘では変幻自在の動きを誇るジョブ『ビーストライザー』が一番だな

130. 駆け抜ける冒険者

>>109
奇抜さでいえば、第四回目優勝者のヤリーオは……地味だったな。
態度や口調だけは「俺が勇者だーっ！」とか言って面白かったけど、なんか普通に槍で敵を突き倒して、危なくなったらささっと隠れて、たまに槍を投げて遠くの敵を倒して、無難に優勝してやがったな。なんか普通過ぎて逆に印象ないわw
まぁあれがどんな状況にも対応できる器用万能ジョブ『ブレイブランサー』の基本戦闘ってところか

151. 駆け抜ける冒険者

>>130
俺は第五回目でいよいよ優勝したスキンヘッドの戦いぶりが好きだぜ！

まぁバトルロイヤルルールの厳しいところっていうか、強い奴はみんなから集中攻撃されるせいで逆に最後まで生き残れないんだけど、第五回目で気合で優勝を掴みやがったなＨＰを犠牲にしてステータスを上げる短期決戦型のジョブ『パワーグラップラー』のくせに大したもんだよ

173. 駆け抜ける冒険者

>>151
ああ、スキンヘッドといえばやっぱあれだよあれ！

なぜかみんなあんまり話題にしてないけど、第一回目優勝者の魔王ユーリとの最終決戦すごかったよなー！

176. 駆け抜ける冒険者

>>173
ああああああああああああああああああああああああああああああユーリ様ごめんなさいごめんなさいごめんなさいごめんなさい！！！！

弓とサモナーをクソザコだと馬鹿にしてネタにしまくったり攻略サイトにサイキョー（笑）とかガセ書いたりしてマジすんませんでしたあああああああああああ！

179. 駆け抜ける冒険者

>>176
あ、あの人の名前を出すのはやめてくれ！　俺を含めて、ま

だ第一回目の虐殺事件でトラウマを負ってる者が多いんだ！

あっ、あああ、レーザーが飛んでくる！！！　ボスモンスターたちが集団で襲ってくる！　漆黒の矢が雨みたいに降ってきて、しかもなぜか低確率でしか発生しないはずのクリティカルヒットを決めまくってくりゅぅううううううう！！！？

180. 駆け抜ける冒険者

いやあああああああああああああああああああああああああああああああああああああああ！！！？

240. 駆け抜ける冒険者

ああ、また発狂者が出やがった……さっさと病院行ってこい
俺は逆にユーリさんに惚れたなぁ……！　まるで無双ゲーみたいに、圧倒的な強さで容赦なくプレイヤーたちを蹂躙してさぁ！　しかもステゴロまで強いってんだ！
まさにあの人こそ魔王だよ！　俺は明日からあの人を目指すぜ！

294. 駆け抜ける冒険者

>>240
ひえっ、狂信者まで現れやがった⁉
・・・まぁ名前を出すとこういう奴らが現れるからあえて避けてる感じだけど、俺必死こいてサモナーやってたから、

ユーリさんが殿堂入りプレイヤーの称号をもらったのは嬉しいよマジで
ボスモンスターやレアモンスターを仲間にするなんて強さ的にも確率的にも無理ゲーっぽいけど、俺も頑張ってみるわ

310. 駆け抜ける冒険者

>>294
あぁ、俺も弓使いだったから嬉しさ半分嫉妬半分って感じだなw
憑依モンスターってのと組み合わせれば矢の雨なんて出来るんだなー。俺、弓系のアーツが使える正規弓職の『アーチャー』なんだけど、あの技見たときにビックリしたもん。あんなすごいのアーチャーのアーツにもねーよって。
しかもホーミング機能まであるとかやばすぎだろ・・・

315. 駆け抜ける冒険者

>>310
ボスモンスターのラッシュに隠れがちだけど、リビング・ウェポン憑依矢マジでチートだよなw
そんでレアモンスターの調教に成功した理由は、幸運値極振りっていうアホみたいなステータス構成にあるわけか。筋力値ゼロにしちゃったらロクな武器も装備も身に着けられなくなるのによくやるわぁ・・・
そんな状態で自由自在に飛び回って刺してくるリビング・

ウェポンにタイマンで勝って、ようやくたどり着ける強さってことか
ただでさえ当たらん弓を使って、真夜中に高速接近してくる小型モンスターと戦うとか無理だろ・・・プレイヤースキルも問われるよなぁこれ・・・

350. 駆け抜ける冒険者

>>315
かなりの無理ゲーだよなぁw
弓サモナー幸運値極振りをネタプレイでやってみたってやつならまぁいるだろうが、そっからモンスターが強力になる夜に出歩いて、死なないように気を付けながらレアモンスターのリビング・ウェポンを探して勝利して、幸運値上げようが所詮は確率ゲーな調教に成功しなくちゃダメで・・・って、めんどくさwwwそりゃ今までユーリみたいなやつ現れないわwww
俺ベータ版で検証班みたいなことやってたけど、弱いと断定されたジョブと武器とステータス構成を全部闇鍋にして無理ゲーを突破したら実は最強でしたとか思いつかねえよ…
そも一か月しか期間なかったからトライ&エラーしまくらなきゃいかんやつは鬼門だ

388. 駆け抜ける冒険者

>>350

まぁかなーりだるいけど、これで筋道はわかったな。俺も新キャラ作ってユーリの真似してみようと思うわ。
……ただメンテナンスの性能調整で弱体化されてたら考え直すけどなw
スキンヘッドとの決戦でわかったけど、特に【根性】のスキルがやべーんじゃないかなぁwww
俺【生命力感知】っていうＨＰバーが見えるスキルもってるんだけど、ユーリのＨＰ何度攻撃を受けても１のままだったもん。幸運値極振りと組み合わせて、【根性】か【根性】の進化系スキルを乱発してるに違いないわ

400. 駆け抜ける冒険者

>>388
そりゃひでえwww弱体化確定だろwwww
ただまぁそうなるとユーリも可哀想だよなぁ。
あれからアイツに話しかけてみたんだけど、悪い奴じゃなかったよ。めっちゃ可愛くてナチュラル美人なのに、カラッとしてて気さくな感じだったし。クラスの男友達的な？
あと実況の時もナビィちゃんに「あ、あのプレイヤーについてどう思いますかユーリ様？」って問われるたびに、「熱くなるバトルするじゃねぇか！　よし、ちょっと乗り込んでアイツとタイマン張ってくるわ！」って出禁くらってるのに無理なこと言いまくるしw

412. 駆け抜ける冒険者

>>400
モンスターの名前も「ポン太郎」とか「ウル太郎」とかすげー適当だし、可愛いところあるよなぁチンピラ魔王様www
熱戦が起こるたびに、「うぉぉぉおおっ、俺も参加させろ～……！　おのれヘイト運営っ、チクショウ……こんなの魂の殺人だ……！」「差別主義者の運営野郎は俺に謝罪しろーッ！」って涙目で机をガンガン叩くし、なんか癒されたわwww

……ただまぁ、あの第一回から第五回までのイベントポイントを集計したランキングを見れば、殿堂入りという名の出禁も当たり前っていうかな……

417. 駆け抜ける冒険者

>>412
ああ、この地獄みたいなランキングなwwwwww
プレイヤーを倒せば１点ずつ付いてく、まぁ討伐数ランキングみたいなもんだが……これだもんなぁ↓

一位：ユーリ　２９９９８ポイント
二位：ザンソード　１９７６ポイント
三位：スキンヘッド　１７６０ポイント

　四位：ライテイ　９１２ポイント
　五位：クルッテルオ　７１３ポイント

430. 駆け抜ける冒険者
>>417
一人だけケタが違い過ぎるｗｗｗｗｗｗｗｗｗｗｗｗｗｗ

440. 駆け抜ける冒険者
>>417
ユーリだけ異常者すぎるだろｗｗｗｗｗｗ
あいつ一回目だけでどんだけポイント稼いでるんだよｗｗｗこんなん出禁で確定だわｗｗｗｗ

454. 駆け抜ける冒険者
>>417
やっぱあの人おかしいわぁｗｗｗｗ
そうそう、さっき動画サイトに第一回目から第五回目までのバトルロイヤルの映像が投下されたけど、やっぱ伝説の第一回目のコメント率が異常すぎるぞｗｗｗｗｗｗ
「なにこれ無双ゲー⁉」「怪獣映画か⁉」「なんかのゲームの魔王降臨シーン⁉」ってコメントがいっぱいだし、外国人兄貴たちからも「このクレイジーな銀髪美少女はなんだよ！」「おぉ、闇に飲まれた彼女を止めるために命懸けで戦うこのスキンヘッド、ナイスガイ！」ってコメがめっちゃ来てたわ

ｗ
動画サイトの注目度ランキング一位確定だなｗｗｗ

470. 駆け抜ける冒険者

>>454
うわぁｗなんだかんだでめっちゃ宣伝になったってことかｗｗｗ運営良かったなｗｗｗ
こりゃ明日のメンテナンスが明けたら、きっと新規プレイヤーがいっぱい来て……ってちょっと待てよ⁉
そいつらみんな、動画で注目を浴びまくった魔王ユーリのチートスタイルや、勇者スキンヘッドの暴れ回ってすぐに死ぬっていうパーティープレイじゃ地雷なスタイルを真似しにくるってことじゃねぇか！！？

480. 駆け抜ける冒険者

>>470
地　獄　の　始　ま　り　だ　！？
頼むぞ運営っ、上手く調整しておいてくれーーーーーーーーー！！！！

番外編1　チンピラ巨乳魔王メイド、ユーリちゃん!!!

「オラァ死ねぇスキンヘッドオラァァッーーーーーーーーー！」

「テメェがくたばれユーリゴラァァーーーーーーーーーーーーッ！」


イベント明けの翌日。バトル前にした約束通り、俺はスキンヘッドを一日付き合わせることにしていた。

といっても俺たちのコミュニケーションといったらバトルしかないんだけどなッ！　今だってモンスターが襲い掛かってくることの少ない『初心者の草原』でボコボコ殴り合っているところだぜ。

あ、俺たちのバトルを観戦しにきたプレイヤー十人くらいが衝撃で吹き飛んじゃった！　ごめ～ん！


「ったく、テメエもとんだ戦闘狂に育っちまったもんだなぁユーリ。んでどうすんだ、このまま疲れるまで殴り合うのか？　オレ様は別にいいけどよぉ」

音速の飛び蹴りを放ちながら問いかけてくるスキンヘッド。それに対して『キメラティック・マシンゴブリン（二号）』を盾として召喚しながら答える（※激突の振動で周囲のプレイヤーたちが転んだ）。

「あーどうすっかなー、それもなんだか味気ないような気がするし。でも他にやりたいことも思いつかなくてな～？」

「そうかそうか。だったらよぉユーリ、わりぃがオレ様の用事に付き合ってくれねぇか？　実は欲しいアイテムが手に入るクエストを見つけたんだけどよ、そいつが女プレイヤーしか受けられないんだよ。

　オレ様、なぜかほとんどの女プレイヤーから嫌われまくってるし……協力するからオメェ受けてくんねぇ？」

「そりゃそのヤクザみたいな顔でナンパしまくってたら嫌われるだろ。つーか俺は女じゃ……あ、そういえば今の俺って一応女プレイヤーだったな」

　その辺のこと気にしてなかったからすっかり忘れてたなぁ。弓を構えて１１０本の矢を放ちながらそう言うと、スキンヘッドが矢を殴り飛ばしながらガハハッと笑った（※弾《はじ》かれた矢は転んでいたプレイヤー十数人に突き刺さった）。

「忘れるなんてもったいねぇ！　オレ様が見てきた中でも一番の別嬪《べっぴん》だぜぇお前？」

「嬉《うれ》しくねーよバカ野郎。んで、どんなクエストを受ければいいんだよ？」

　超弩級《ちょうどきゅう》巨大植物竜『ギガンティック・ドラゴンプラント』を召喚し、周囲一帯を焼け

野原にする殺人レーザーを放たせながら問いかける。するとスキンヘッドは跳び上がって回避しながらニヤリと笑い、

「男だったらみんな大好きッ、メイドカフェじゃーーーーーいッ！」

「って意味わかんねーよアホッ！」

なぜかハイになる悪友の顔面に、飛び掛かってパンチを叩《たた》きこんでやったのだった。

◆
◇
◆

——『初心者の街限定クエスト☆メイドクイーンにキミはなれッ！』。

それが今回受けることになったクエスト名だ（ふざけてやがる）。

プレイヤーは街の一角にあるメイドカフェの店員になって働くという内容なのだが、何やらその店は特別料金を払えばメイドさんを指名しておしゃべりしたり『あ〜ん♡』したりしてもらえるという風俗営業法に微妙に引っかかりそうなシステムをしているらしく、店への貢献度……つまり個人的な売上額が一定にまで達したらクリアという感じらしい。

摘発されちまえ。

スキンヘッド曰《いわ》く、手軽に職業体験が出来る上にメイド服が可愛《かわい》いから受けに来る女性プレイヤーも多いが、複数人が一気に受けると女同士の足の引っ張り合いになるから注意だとか。バトルは好きだけどそんな泥沼の戦いは嫌だ……。


ただしこのクエスト、実はとある抜け穴もあって――、

「――う～いメイドさん、店で一番高いドリンク頼むから酌してくれー！」

「誰がするかバカ野郎ッ！」


山ほどの料理を食べながら肩を組んでくる悪友を肘でどつく。

そう。実はこのクエスト、お金持ちの知り合いに頼んで客になってもらえば短時間でクリアできてしまうのだ。

スキンヘッドもトッププレイヤーの一員だからな。モンスターを狩りまくっている内に自然にお金も貯《た》まりまくっていたらしく、俺を指名してから数十分でクリア目前までメニューを注文してくれた。

まぁそれはいいんだが……、

「にしても強制的に服装がメイド服に変わるのは何とかならなかったのかよ……ヒラヒラしてるし太腿《ふともも》まる見えで恥ずかしいんだが……！」

「ガッハッハッ、そこについちゃぁどうしようもねぇな！　つーかユーリ、オメェ普段からアイドルみたいな衣装着てるじゃねぇかよ。露出度に関しちゃあんまり変わってねぇぞ？」

「ぬぐっ!?　ひ、人があえて意識してなかったことを……！」

スカートの端を握ってまる見えな太ももを必死で隠す。く、くそ、屈辱だ……というかバトルロイヤルじゃ俺が勝ったはずなのに、どうしてこんな罰ゲームみたいな真似《まね》をしなきゃいけないんだか……。

あとガラスに映った俺たちの姿を見てみると、ガラの悪い巨漢の男が目の死んだ銀髪メイドを侍《はべ》らせているという物凄《ものすご》い犯罪チックな絵面になってるんだが。

他のお客さんたちも「これ通報したほうがいいのか……？」とか呟《つぶや》いたり、かと思いきや別のヤツが「いやよく見ろ、あいつら付き合ってるって噂《うわさ》のスキンヘッドと魔王ユーリだぞ！　たぶん特殊なプレイをしてるに違いねぇ……」とか意味わからんこと言ってたり、とにかくもう嫌だー――っ！　目立つのは好きだけどこんな恥ずかしい目立ち方はしたくなーい！

「うぅぅうう……んでクソご主人様、このクエストをクリアしたらどんなアイテムが手

に入るんだよ……？　女性限定だっていうし、お前が欲しがりそうなアイテムなんて貰《もら》えそうにないんだが？」

「あ～それはだな……」

ふと聞いてみると、なぜかスキンヘッドはゴニョゴニョと口籠り――、

「すまん――実は欲しいアイテムなんてねぇんだ！

いや～オメェをからかいたくて冗談半分で言ってみたら、まさか本当に受けてくれるなんて思わなくてよぉ！　あ、メイド服超かわいいぜ！　ユーリちゃんさいこー！」

「なぁッッッ!?」

そんなふざけたことを、この野郎はカラカラと笑いながら言い放ちやがった！

ってふざけんなボケーーーーーーーーーーーッ！

「もう一回ぶっ殺してやらァーーーーーーーーッ！」

「ってうぎゃあああああッ!?　おい待て店の中で暴れるなッ!?　は、話せばわかるから落ち着け、な！」

「落ち着けるかボケェーーーーッ！」

クソご主人様を突き倒し、マウントポジションを取ってボッコボコに殴り倒す！　さら

に「こんなサービスは頼んでねぇ!?」とか叫んでふざけた口に熱々のスープを投入じゃオラァーーーーッ！

「ガボボボボオッ!?　わ、悪かった、悪かったって！！！――あ、パンツ見えてる」

「お前やっぱり反省してないだろッ!?」

そんなんだからモテないんだっつのッ！　俺はまったく懲りない悪友の額に、トドメの頭突きをブチ込んでやったのだった。

――なお後日、お客さんたちから店に対して「メイドさんたちに殴られるサービスを頼めるようにしてほしいッ！」という要望がなぜか殺到したらしく、近々暴力メイドＮＰＣなるものを実装することになったとか。

ってどうしてそうなったーーーーーーーーー!?

番外編2 少女たちの邂逅

「いーーーーーーやぁーーーーーーーーーッ！　誰か助けてーーーーーーッ！」

「オラオラオラァアアアアッ！　大人しくシル様に狩られろやオラァーーーーー！」


バトルロイヤル大会から一日。ユーリの巨大モンスターによって焼き尽くされたロリ忍者・コリンは、今度こそあのチンピラ美少女魔王を打ち倒すべく森で狩りを行っていた。

そうしてレベルを順調に上げつつ、大会での鬱憤をモンスターにぶつけていた時のこと。

突如として大剣を持った赤髪の少女が、コリンに対して襲い掛かってきたのである。

咄嗟《とっさ》に気付いて攻撃を回避した彼女であったが、謎の襲撃者は諦めずに追いかけてきて、今や森中を駆け巡る命懸けの鬼ごっことなってしまったのだった。

「ひぃーっ！　な、何なんですかアナタは!?　ユーリさんにぶっ殺された鬱憤を晴らすためにモンスターをボコってたのにぃーっ！」

「アァ!?　アタシも同じだっつのコンチクショウッ！　あのトンチキ魔王にやられた腹いせに、プレイヤーどもを狩りまくってるのよ！」

「なっ、プレイヤーをッ!?」

プレイヤーキラーという単語がコリンの脳裏をよぎる。それは文字通り、モンスターではなくプレイヤーを狩ることを趣味としたゲーム内の殺人鬼たちのことだ。

イベントの時にはプレイヤーを倒すたびにポイントが入るというシステムだったが、普段の『ブレイドスキル・オンライン』において人間を倒す意味はほとんどない。経験値は一応入るものの、アイテムなどを奪い取ることは出来ないため、それならば素材を落とすモンスターを狩っていたほうがマシである。効率主義者のコリンにとっては意味が分からない連中であった。

「ななななっ、なんで人間相手に狩りなんてしてるんですか!?　シルさんって言いましたっけ、アナタも不満とかあるならモンスターにぶつければいいのにぃー！」

「バーカッ、モンスターなんてボコったところで作り物の鳴き声しか出さないでしょうがッ！　せっかくの仮想現実《バーチャルリアリティ》なんだから、アタシは人間の生の悲鳴が聞きたいのよォーッ！」

「ひえええええヤバい人だーーーーーッ!?」

想像以上の危険人物に追い回されているのが分かり、コリンはガチ泣きしながら全力ダッシュした。

しかし向こうは人間を追い回すことによほど慣れているのか、並び立った木々の間を最短ルートで突っ切り、コリンの背中に何度も大剣の先端を掠《かす》めさせていく。

ここでコントローラーではなくプレイヤーの感覚によって操作する『フルダイブシステム』の特色が出てしまった。本来ならばコリンのほうがわずかに敏捷《びんしょうち》値が上なのだが、相手が人狩り《マンハント》のプロであることに加えて、背中に走る鈍痛とわけのわからない人種に対する恐怖から足がもつれ、徐々に距離が縮まってしまってきていたのだ。こんなところまでリアルじゃなくていいのにと彼女は泣き叫ぶ。

そうしてついに木の根につまずいて転んでしまうコリン。「あッ」と短く悲鳴を上げた時にはもう遅かった。受け身も取れずに地面を転がり、命懸けの追いかけっこは無情にも終わりを迎えてしまう。

「――ったく、手間かけさせてくれたわねぇ」

痛みに呻《うめ》くコリンに対し、ゆっくりと近づくプレイヤーキラーの少女。

彼女は大剣を向けると、その切っ先をコリンの手足の付け根や首筋などに這《は》わせていった。

まるで、〝これからココを切断しよう〟と下書きでもしているかのように……！

「ひっ、ひぃいいいーーーーッ!? な、何でもしますから許してくださいッ！ お金だってあげますからッ！」

「いらないわよそんなもん。ふふっ、アンタにはずいぶんと手間取られたからねぇ……こっからＨＰがゼロになるまで、バラバラのグチャグチャになってもらおうじゃないの

「……ッ！」

「そんなぁ……!?」

サディスティックな笑みを浮かべる殺人鬼に、もはやコリンは泣いて震えるしかなかった。

――この世界はあくまでもゲームである。どんな攻撃を食らおうが感じる痛みはせいぜい鈍痛程度であるし、リアルの肉体には一切支障はない。その点はコリンも把握している。

だがしかし、そうわかっていても自分が解体されようとしている状況で平静に振る舞える人間がどれほどいるだろうか？

現にコリンは耐えられなかった。初めて晒《さら》される悪意を前に震え上がり、その怯《おび》え切った様子がさらにシルという少女の愉悦を加速させていく。

彼女は大剣を高らかに掲げ、淫らな笑みと共にコリンに向かって振り下ろした！

「アッハァッ！　足の先からいっただきぃいいーーーーッ！」

「きゃあああーーーーッ!?」

仄暗《ほのぐら》い森にコリンの悲鳴が木霊した――その時、

「お待ちなさいッ！」

勇ましい声と共に、ドレスの女性が駆けつける。彼女は白い傘を剣のように構えると、シルの大剣を真っ向から受け止めた！

「ッ、アンタは……」

「わたくしの名はフランソワーズ。お楽しみのところ悪いですけど、邪魔させていただきますわよッ！」

そのままプレイヤーキラーと睨《にら》み合うフランソワーズ。へたれ込んだコリンを前に、殺意と闘志をぶつけ合いながら二人はしばし鍔迫《つばぜ》り合い状態へともつれこんだ。

「………チッ、ガチの勝負は趣味じゃないっての」

その状況に舌を鳴らしたのはシルのほうだった。彼女は軽やかに跳躍すると、太い枝の上へと飛び乗った。

「あらあらあら、逃げるんですの？」

「馬鹿言いなさい、逃がしてやるのよクソ女。……アンタ、よくもシル様の狩りを邪魔してくれたわね？　顔と名前は覚えたから覚悟しておきなさいよ、今度は手下を山ほど連れて来てやるわ」

忌々しげな表情をしながら去っていくプレイヤーキラーの少女。

典型的な悪党の捨て台詞《ぜりふ》を吐いていったが、とてもじゃないがコリンはその背を笑うことなんて出来ない。あの嗜虐《しぎゃく》的な少女ならば本当に集団で襲撃をかましてくるようなチンピラじみた真似《まね》をするだろうと確信しているからだ。

フランソワーズも同じことを思ったのか、金色の髪を掻《か》き上げながら溜《た》め息《いき》を吐《つ》いた。

「ふぅ、あそこまで悪党らしい悪党は初めて見ましたわねぇ。まぁどこぞの魔王様もチンピラっぽいですが、あちらを喧嘩《けんか》番長とするなら先ほどの子は暴走族の頭ってとこですわね」

二人が出会ったらどんなことになるのかしらとフランソワーズはノンキに呟《つぶや》く。

そんな彼女に、助けられたコリンは思わず声を上げてしまった。

「ちょっ、フランソワーズさんでしたっけ、そんなノンキなことを言っていていいんですか!? わたしのせいで目を付けられてしまって、それでアイツ……また襲ってくるって……！」

「うふふ、その時はまぁその時ですわよ。

忘れてはいけませんが、これはあくまでもゲームです。変な輩《やから》に絡まれることもイベントの一つみたいなものだと割り切り、楽しむことが肝要だと思いますわ」

「うぅ、でもぉ……！」

フランソワーズの言うことはもっともだが、つい先ほどまで生々しい悪意に晒されていたコリンは素直に頷《うなず》くことが出来ない。

フルダイブシステムによって全てが現実的《リアル》に感じられるようになってしまったことで、

相手が本気でこちらを害そうとしていたことが分かってしまったのだ。

あんな経験はもう二度としたくはないし、何より自分のせいで見知らぬ他人が襲われるなど耐え切れない。

そうして再び涙目になるコリンの頭を、フランソワーズは優しく撫《な》でた。

「心配してくれてありがとうございますわ。でも、わたくしのことは大丈夫です。

これでも結構戦えますし——もしもの時には、スケベだけど強いツルツル頭や、美人だけど中身は勇ましい魔王様が味方になってくれますもの」

そう言って微笑《ほほえ》む彼女の笑顔に、コリンは胸が苦しくなる。

ああまったく、すぐに泣いてしまう自分と比べてなんて強い人だろうか。

まったく方向性は違えども、このフランソワーズもどこぞの不遇設定まみれで最強を目指したチンピラ優勝者と同じような我の強さを秘めていた。

「っ……わたし、強くなります。もう二度と、プレイヤキラーに狙われたって泣かないように……！」

そうしてユーリや目の前の女性のように、この『ブレイドスキル・オンライン』をとことん楽しんでやろうとコリンは誓う。

そんな少女の決心に、フランソワーズは「ええ、頑張ってください」と温かく声援を送るのだった。

――なお後日、掲示板のほうに『【朗報】森で狩りをしていたら、抱き合うロリと美人さんを発見！　【百合《ゆり》百合速報！】』というスレッドがスクショ付きで立てられたとか。

これにはコリンがガチ切れし、投稿者を全力で特定してプレイヤーキルに向かったのだった……！

あとがき

美少女作者こうりーーーんっ！
はじめましての方ははじめまして、馬路まんじです！！！
顔出し声出しでバーチャル美少女ツイッタラーをしてるので検索してね！
@ mazomanzi ←これわれのツイッターアカウントです！　いえい！！！！

同時期に出した作品と同じくもはやあとがきを書いてる時間もないので、とにかく走り書きでいっぱいビックリマークを使って文字数を埋めていきますッッッッ！！！！！　というかだいたいコピペです！！！！！！！　おらぁあああああ！！！！！

『ブレイドスキル・オンライン』、いかがだったでしょうか！！！？

負けず嫌いの主人公がクソゴミ最弱要素組み合わせて頑張る話で

す！！！！！！　ヘンダーソン！！！

はい、なんかもう同じくオーバーラップから出る『底辺領主の勘違い英雄譚《たん》』とか他2冊くらい仕事が溜《た》まってるのであとはもうざっくりいきます！

＠このたび底辺領主が**コミカライズ＆海外出版が決まりました**いえーい！　ブレスキも売り上げによってはなんかあるかもですね！！！！

そしてＷＥＢ版を読んでいた上に書籍版も買ってくださった方、本当にありがとうございます！！！！！！　今まで存在も知らなかったけど表紙やタイトルに惹《ひ》かれてたまたま買ってくれたという方、あなたたちは運命の人たちです！！！　ツイッターでＪカップ猫耳メイド系バーチャル美少女をやってるので、購入した本の画像を上げてくださったら「弟くんっ♡」と言ってあげます！！！！！！！　**美少女爆乳メイドお姉ちゃん交換チケット**として『ブレスキ』を友達や家族や知人や近所の小学生やネット上のよくわからないスレの人たちにぜひぜひぜひぜひオススメしてあげてください！！！！！！　よろしくお願いします！！！！　ツイッターに上げてくれたら反応するよ！！！

そしてッ！　この場を借りて、ツイッターにてわたしにイラストのプレゼントやア○ゾン欲しいものリスト（**死ぬ前に食いたいものリスト**）より食糧支援をしてくださった方々にお礼を言いたいです！！！！！！

高千穂絵麻（たかてぃ）さま、皇夏奈ちゃん、磊《こいし》なぎちゃん（ローションくれた）、おののきももやすさま、まさみゃ～さん、破談の男さん（乳首ローターくれたり定期的に貢いでくれる……！）、たわしの人雛田黒さん、ぽんきちさん、無限堂ハルノさん、明太子まみれ先生（あとがき冒頭のイラストを描いてくれたかた！）、がふ先生、イワチグ先生、ふにゃこ（ポアンポアン）先生、朝霧陽月さん、セレニィちゃん、リオン書店員さん、さんますさん、Harukaさん、黒毛和牛さん、るぷす笹さん、味醂味林檎さん、不良将校さん、№8さん、走れ害悪の地雷源さん（人生ではじめてクリスマスプレゼントくれた……！）、ノベリスト鬼雨さん、パス公ちゃん！（イラストどちゃんこくれた！）、ハイレンさん、蘿蔔《すずしろ》だりあさん、そきんさん、織侍紗《おささ》ちゃん（こしひかり8kgくれた）、狐瓜和花。さん（人生で最初にファンアートくれた人！）、鐘成さん、手嶋柊。さん（イラストどちゃん＋ガンダムバルバトスくれた！）、りすくちゃん（現金くれた！）、いづみ上総さん（現金くれた！）、蒼弐彩ちゃん（現金くれた！！！！）、ナイカナ・シュタンガシャンナちゃん（現金くれた！！！）、上ケ見さわちゃん（現金くれたわれの宣伝メイド！）、なつきちゃん（現金とか色々貢いでくれた！）！！！！！、武雅さま（現金とか色々貢いでくれた！）！！！！！、エルフの森のふぁる村長（エルフ系vtuber、現金くれたセフレ！）、ベリーナイスメルさん、ニコネコちゃん（チ〇コのイラスト送ってきた）、瀬口恭介くん（チ〇コのイラスト送ってきた）、矢護えるさん（クソみてぇな旗くれた）、王海みずちさん（クソみてぇな旗くれた）、中卯月ちゃん（クソみてぇな旗くれた）、ASTERさん、グリモア猟兵と化したランケさん（**プロテインとトレーニング器具送ってきた**）、かへんてーこーさん（**ピンクローターとコイルくれた**）、お拓さんちの高城さん、コユウダラさん（**われが殴られてるイラストくれた**）、方言音声サークル・なないろ小町さま（**えちえちCD出してます**）、飴谷きなこさま、気紛屋進士さん、奥山河川センセェ（**いつかわれのイラストレーターになる人**）、ふーみんさん、ちびだいずちゃん（仮面ライダー変身アイテムくれた）、紅月潦さん、虚陽炎さん、ガミオ／ミオ姫さん、本屋の猫ちゃん、秦明さん、ANZさん、tetraさん、まとめななちゃん（**作家系Vtuber！　なろう民突撃じゃ！**）、T-REX@木村竜史さま、無気力ウツロさま（牛丼いっぱい！！！）、雨宮みくるちゃん、猫田@にゃぷしぃまんさん、ドルフロ・艦これを始めた北極狐さま、大豆の木っ端軍師、かみやんさん、神望喜利彦山人どの、あらにわ（新庭紺）さま、雛風さん、浜田カヅエさん、綾部ヨシアキさん、玉露さん（**書籍情報画像を作成してくれた！**）、幽焼けさん（**YouTubeレビュアー。われの書籍紹介動画を作ってくれた！　みんな検索ぅ！**）、レフィ・ライトちゃん、あひるちゃん（**マイクロメイドビキニくれた**）、猫乱次郎（**われが死んでるイラストとか卵産んでるイラストとかくれた**）、つっきーちゃん！（**鼻詰まり**）、一ノ瀬瑠奈ちゃん！、かっさん！、赤城雄蔵さん！、大道俊徳さん（**墓に供える飯と酒くれた**）、ドブロッキィ先生（**われにチンポ生えてるイラストくれた**）、葵・悠陽ちゃん、かなたちゃん（**なんもくれてないけど載せてほしいって言ってたから載せた**）、イルカのカイルちゃん（**なんもくれてないけど載せてほしいって言ってたから載せた**）、みなはらつかさちゃん（**インコ**）、なごちゃん、diaちゃん、このたろーちゃん、颯華ちゃん、谷瓜丸くん、ゆっくり生きるちゃん、秋野霞音ちゃん、逢坂蒼ちゃん、廃おじさん、ラナ・ケナー4歳くん、朝倉ぷらすちゃん（**パワポでわれを作ってきた彼女持ち**）、あきらーめんさん（**ご出産おめでとうございます！**）、そうたそくん！、透明ちゃん、貼りマグロちゃん、荒谷生命科学研究所さま、西守アジサイさま、シエルちゃん、主露さん、零切唯衣くんちゃん、豚足ちゃん、はなむけちゃん（**アヒルくれた**）、藤巻健介さん、Ssg.蒼野さん、電誅萬刃さん！、水谷輝人さん！、あきなかつきみさん、まゆみちゃん（**松阪牛とかくれた！**）、中の人ちゃん！、hakeさん！、あおにちゃん（**暗黒デュエリスト集団『五大老』の幹部、恐怖によって遊戯王デュエルリンクス界を支配している**）、八神ちゃん、22世紀のスキッツォイドマンちゃん、マッチ棒ちゃん～！、kt60さん（!?）、珍さん！、あつしさーん！、晩花作子さん！、能登川メイちゃん（**犬の餌おくってきた**）、きをちゃん、天元ちゃん（底辺領主のあとがきにイラストくれた方）、の@ちゃん（ゲーム：シルヴァリオサーガ大好き仲間！）、ひなびちゃん、dokumuさん、マリィちゃんのマリモちゃん、伺見聞士さん、本和歌ちゃん、柳瀬彰さん、田辺ユカイちゃん、まさみティー／里井ぐれもちゃん（**オーバーラップの後輩じゃぁ！**）、常陸之介寛浩先生（**オー**

バーラップの先輩じゃぁ！(;ω;)、ゴキブリのフレンズちゃん（**われがアへ顔Ｗピースしてるスマブラのステージ作ってきた**）、いるちゃん、腐った豆腐！　幻夜んんちゃん、歌華@梅村ちゃん（**風俗で働いてるわれのイラストくれた**）、三島由貴彦（**姉弟でわれのイラスト書いてきた**）、イラストレーター・ファルまろ先生（**同じ社内での浮気相手**）、イラストレーター・ひさまくまこ先生（**一迅社での浮気相手**）、白夜いくとちゃん、言葉遊人さん、教祖ちゃん、可換環さん（**われの音楽作ってきた**）、佳穂一二三先生！、しののめちゃん、闇音やみしゃん（**われが○イズリしようとするイラストくれた**）、suwa狐さん！、朝凪周さん、ガッチャさん、結城彩咲ちゃん、amyちゃん、ブウ公式さん！、安房桜梢さん、ふきちゃん！、ちじんちゃん、シロノクマちゃん、亜悠さん（**幼少の娘にわれの名前連呼させた音声おくってきた**）、やっさいま♡ちゃん、赤津ナギちゃん、白神天稀さん、ディーノさん、ＫＵＲＯさん、獅子露さん、まんじ先生１００日チャレンジさん（百日間われのイラストを描きまくってくれるというアカウント。**８日で途絶えた**）、爆散芋ちゃん、松本まつすけちゃん、卯ちゃん、加密列さん、のんのんちゃん、亀岡たわ太さん！、真本優ちゃん、ぽにみゅらちゃん、焼魚あまね／仮名芝りんちゃん、異世界ＧＭすめらぎちゃん、西村西せんせー、オフトゥン教徒さま（オーバーラップ文庫：『絶対に働きたくないダンジョンマスターが惰眠をむさぼるまで』からの刺客）、kazuくん、釜井晃尚さん、うまみ棒さま、小鳥遊さん、ＡＴワイトちゃん（ワイトもそう思います）、海鼠腸ちゃん！（このわたって読みます）、棗ちゃん！（なつめって読みます）、東西南《きたなし》アカリちゃん（名前がおしゃれー！）、本当にありがとうございましたーーー！　ほかにもいつも更新するとすぐに読んで拡散してくれる方々などがいっぱいいるけど、もう紹介しきれません！！！！！！　ごめんねえええそしてありがとねえええええええみんなもよろしくねえええええ！！！！！！！！！！！！(´;ω;`)

そして最後に、素晴らしいイラストを届けてくれたイラストレーターの霜降さんとッ、右も左も分からないわたしに色々とお世話をしてくださった編集の樋口晴大さまと製本に携わった多くの方々、そして何よりもこの本を買ってくれた全ての人に、格別の感謝を送ったところで締めにさせていただきたいと思います！　本当に本当にありがとうございましたあああああああ！　ファンレターもおくってねー！

最後の最後に、同時期に発売の『底辺領主の勘違い英雄譚』などもお楽しみにー！　アデュー！

あ、やっぱり最後の最後の最後に。これ「小説家になろう」のマイページですのでぜひぜひお気に入り登録しといてくださいい何でもしますから(´;ω;`)！！！
われの書いたいろんな小説がタダで読めまーす!!（手打ちでポチポチ推すのがだるい人は「なろう　馬路まんじ」で検索をー！）
↓https://mypage.syosetu.com/1339258/
いえーーーーーーいっ！

作品のご感想、
ファンレターをお待ちしています

あて先
〒141-0031
東京都品川区西五反田 7-9-5 SGテラス 5階
オーバーラップ文庫編集部
「馬路まんじ」先生係／「霜降（Laplacian）」先生係

OVERLAP

ブレイドスキル・オンライン 1
～ゴミ職業で最弱武器でクソステータスの俺、
いつのまにか『ラスボス』に成り上がります！～

発　行　2020年11月25日　初版第一刷発行

著　者　馬路まんじ
発行者　永田勝治
発行所　株式会社オーバーラップ
〒141-0031　東京都品川区西五反田 7-9-5
校正・DTP　株式会社鷗来堂
印刷・製本　大日本印刷株式会社

Printed in Japan　ISBN 978-4-86554-778-8 C0193

オーバーラップ文庫
Sランク冒険者である俺の娘たちは重度のファザコンでした
コミックガルドにてコミカライズ連載中!
[最強の娘に愛されまくり!?]
将来を嘱望されていたAランク冒険者の青年カイゼル。しかし、彼はとある事情で拾った3人の娘を育てるために冒険者を引退し、田舎で静かに暮らしていた。時が経ち、王都に旅立ったエルザ・アンナ・メリルの3人娘たちは、剣聖やギルドマスター、賢者と称され最強になっていた。そんな娘たちに王都へ招かれたカイゼルは再び一緒に暮らすことに。しかし、父親が大好きすぎる娘たちは積極的すぎて――!?
著 友橋かめつ　イラスト 希望つばめ
シリーズ好評発売中!!

オーバーラップ文庫
ハズレ枠の【状態異常スキル】で
最強になった俺がすべてを蹂躙するまで
［手にしたのは、絶望と――
最強に至る力］
クラスメイトとともに異世界へと召喚された三森《みもり》灯《とう》河《か》。E級勇者であり、「ハズレ」と称される【状態異常スキル】しか発現しなかった灯河は、女神・ヴィシスによって廃棄されることに。絶望の奈落に沈みつつも復讐を誓う彼は、たったひとりで生きていくことを心に決める。そして魔物を蹂躙し続けるうち、いつしか彼は最強へと至る道を歩み始める――。
著 篠崎 芳　イラスト KWKM
シリーズ好評発売中!!